인생에는 아무런 의미도 없다?

리베르

인생에는 아무런 의미도 없다?

2004년 1월 1일 초판 발행
엮은이 / 박찬영
펴낸이 / 성한경
발행처 / 리베르
주소 / 서울시 송파구 풍납동 508 한강극동 상가 304-3
등록번호 / 801223 - 1178223
TEL / 475-7515
FAX / 486-8770
e-mail / skyblue7410@hanmail.net

값 / 7,500원

리베르

인생에는 아무런 의미도 없다?

박찬영 엮음

리베르

　시는 문학의 원초적 형태이자 지향점입니다. 시는 현실 언어가 아닙니다. 시는 감정이 분출하는 상상의 언어이자 정열의 언어입니다. 시는 정신의 최면제이자 진통제입니다. 詩는 말(言)을 가지는(持) 작업입니다. 시는 원초적 창작입니다. poetry의 어원 poesis는 '만든다, 가진다'를 의미합니다. 우리는 무언가를 만듭니다. 가지기 위해서지요. 왜 가집니까. 버리기 위해서지요. 왜 버립니까. 많이 가지기 위해서지요. 왜 많이 가집니까. 많이 버리기 위해서지요.

　시는 가지고 번뇌하고 버리는 이야기입니다. 시는 만나고 사랑하고 이별하는 이야기입니다. 시는 마음을 빼앗고 빼앗기는 이야기입니다. 삶의 궁극적 자리인 죽음에 도도하게 다가가는 이야기입니다. 시의 성격이 그러하다 보니 리듬을 타게 되고 적은 말로 많은 뜻을 담게 되는 것입니다.

　이 세상에서 가장 아름다운 글들에는 서로를 관통하는 것이 있습니다. 그것을 엮고 싶었습니다. 세계의 명시 선정은 한국인의 애송시, 문학사적 의의도 감안했지만 무엇보다 우리의 정서에 와 닿아 감정이입이 될 수 있는 시에 중점을 두었습니다. 지금까지 세계 명시 선집이 간헐적으로 출간돼 독자들의 호응을 얻어왔지만 고정적인 내용, 고루한 디자인, 고르지 못한 번역 등 '3고'에서 헤어나지 못해 만족감을 주지 못한 것도 사실입니다. 세계의 명시 독자들에게 새로운 느낌을 전하기 위해 이번 선집은 다음 사항에 역점을 두었습니다.

　첫째, 기존 번역의 오류와 어색한 표현을 번역·편집 전문가들이 바로 잡았습니다. 지금까지는 외국 시들이 생경한 번역투 언어로 인해 잘 읽혀지지 않는 측면이 있었습니다. 원시와 동등성을 획득하는 것은 어차피 불가능한 일이겠지만 기존 번역시까지 참고하며 가능한 '읽히는 시'로 옮기려고 노력했습니다.

둘째, 성적 농도가 짙은 시들이나 염세적인 시들도 다수 포함돼 있습니다. 그런 시들이 청소년들에게 어떤 영향을 줄 수도 있지 않을까하는 우려에서 삭제도 검토해 보았지만 이제 우리 독서 시장도 성숙해져야 하고 묻혀진 시들을 재조명해야 한다는 점을 고려해 오히려 적극적으로 선정했습니다. 음란 사이트, 자살 사이트 등 유해 정보들에 둘러싸인 청소년들에게는 조탁된 언어들이 오히려 정서적 정화 작용을 할 수 있다는 판단도 있었습니다.

셋째, 입체 편집을 하였습니다. 세계의 명시를 한국의 명시 혹은 세계의 명문장과 대비시키며 감상을 하는 형식을 취했습니다. 한국의 명시나 명문들과 대비시킴으로써 시적 공감도를 높이고 다양한 세계를 다양한 관점에서 바라볼 수 있도록 유도했습니다. 아울러 우리 시가 어떻게 세계 시의 영향을 받았는지도 조감할 수 있을 것입니다.

넷째, 첨부한 영시 원문과 시인 해설은 영문학도는 물론 세계의 명시를 원문으로 즐기려는 독자들의 지적 욕구에 부응할 것입니다.

세계의 명시는 누구나 잃어야 할 보석 같은 작품들입니다. 지금까지 제대로 읽히지 않았던 세계의 명시들을 '읽히는 시'로 탈바꿈시켰다고 자부하지만 부족한 부분도 많을 것으로 봅니다. 미비된 부분은 추후 보완 작업을 통해 완성된 선집이 될 수 있도록 하겠습니다.

끝으로 이 시집이 나오기까지 애써주신 리베르 출판사 임직원과 내용의 흐름을 바로잡아주신 시평론가 성낙수 선생님에게 지면을 빌려 감사드립니다.

엮은이 씀

슬픔을 기쁨과 바꾸진 않으리

아침의 비는 화창한 날을 예고합니다

III
내일은 또 다른 오늘일 뿐

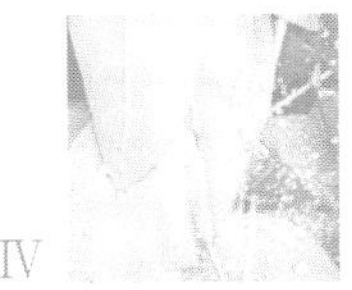

IV
삶이 그대를 속일지라도

한 알의 모래 속에서 세계를 보며

한 송이 들꽃에서 천국을 본다.

그대 손바닥 안에 무한을 쥐고

한 순간 속에서 영원을 보라.

순수의 전조중에서

I

슬픔을 기쁨과 바꾸진 않으리

누구를 위해 종은 울리나

존 단

누구든 그 자체로 온전한 섬은 아니다.
모든 사람은 대륙의 한 조각, 본토의 일부다.
흙 한 덩어리가 바닷물에 씻겨나가면,
유럽은 그만큼 줄어든다.
곶이 씻겨 나가도 그만큼 줄어들고,
그대 친구의 영지나 그대의 영지가 씻겨 나가도 그러하다.
누구의 죽음이든 나를 줄어들게 한다,
내가 인류에 속해 있으므로.
그러니 저 종소리가
누구의 죽음을 알리는 종소리인지 알아보려고
사람을 보내지 말라.
그것은 그대의 죽음을 알리는 종소리이니.

헤밍웨이 원작의 영화 '누구를 위해 종은 울리나'에서 야성미 넘치는 짧은 머리의 잉그리드 버그먼에게 첫사랑의 키스를 가르쳐주고 이국땅에서 죽어야 하는 게리 쿠퍼가 외칩니다. "가라, 그래야 우리가 함께 산다. 네가 가는 곳 어디든지 내가 있다."

나비효과란 것이 있습니다. 뉴욕에서 나비 한 마리가 날갯짓을 하면 다음달쯤 서울에서는 태풍이 일어날 수도 있다는 기상학적인 연구에서 비롯된 용어입니다. 어떤 결과라도 처음에는 감지조차 되지 않는 작은 변화에서 비롯된다는 것이지요. 이쯤 되면 이라크인의 죽음이 나의 죽음이 될 수도 있지 않겠습니까. 실제로 이라크전쟁으로 인한 주가 하락의 피해를 경험한 사람이 적지 않았을 겁니다. 우리는 흔히 농담 삼아 '타인의 불행은 나의 행복'이란 말을 합니다. 회사에서 상사가 회사를 그만 두게 되면 자신이 승진할 기회를 가지게 될지도 모릅니다. 그러나 똑같은 상황이 자신에게도 벌어지겠지요. 타인의 죽음은 언젠가는 자신의 죽음이 됩니다. 산고의 고통을 감수하며 나를 낳아준 자연은 언젠가는 나를 거둬가 자양분으로 삼습니다. 타인의 죽음은 나의 삶입니다. 동시에 나의 죽음입니다.

순수의 전조

윌리엄 블레이크

한 알의 모래 속에서 세계를 보며
한 송이 들꽃에서 천국을 본다.
그대 손바닥 안에 무한을 쥐고
한 순간 속에서 영원을 보라.
새장에 갇힌 한 마리 로빈새는
천국을 온통 분노케 하며,
주인집 문 앞에서 굶주림으로 쓰러진 개는
한 나라의 멸망을 예고한다.

인간은 기쁨과 비탄을 위해 태어났으며
우리가 이것을 올바르게 알 때,
우리는 세상을 안전하게 지나갈 수 있다.
기쁨과 비탄은 훌륭하게 직조되니
신성한 영혼에는 안성맞춤의 옷이다.
모든 슬픔과 기쁨 밑으로는
비단으로 엮어진 기쁨이 흐른다.

아기는 강보 이상의 것,
이 모든 인간의 땅을 두루 통해서
도구는 만들어지고, 우리의 손은 태어나는 것임을
모든 농부는 잘 알고 있다
모든 눈에서 흐르는 모든 눈물은
영원히 아기가 된다.

허블 만원경은 타임머신입니다. 허블에 비친 먼 우주의 은하계 모습들은 수백만 년 전 발산된 빛으로 이루어진 것들이기 때문입니다. 천체 망원경에 포착된 우주가 현재 존재하지 않을 수도 있지요.

1930년 쯤에 영국의 디락(Dirac)이라는 물리학자가 진공은 비어 있는 것이 아니라 무엇인가 빈틈없이 채워져 있다는 주장과 함께 진공에 구멍을 뚫을 수 있고 진공에 뚫어진 구멍이 입자와 똑같은 행동을 한다는 이론을 세웠습니다. 있지도 않고 없지도 않은 세상, 슬프지도 않고 기쁘지도 않은 세상, 현재 보이는 것이 존재하지 않는 세상, 한 알의 모래 속에 감춰진 세상, 그 세상은 모였다 흩어지며 늘 모습을 바꿉니다. 그러니 어찌 나를 나라 할 수 있을까요. 차라리 영원히 아기가 되세요.

"작은 먼지 티끌이 온 우주를 머금었고, 찰나가 곧 영겁이다." 의상 스님의 말씀입니다. 우리 모두는 하나의 소우주입니다. '나 하나 쯤이야'에서 '나 하나 만이라도'로 생각을 바꾸면 이 세상은 훌륭한 신세계가 되겠지요.

지금 이 세상 어디에선가 우는 사람은 — 엄숙한 시간

라이너 마리아 릴케

지금 이 세상 어디에선가 우는 사람은
까닭 없이 이 세상에서 우는 사람은
나를 향해 울고 있습니다.

지금 이 밤 어디에선가 웃는 사람은
까닭 없이 이 밤에 웃는 사람은
나를 향해 비웃고 있습니다.

지금 이 세상 어디에선가 돌아다니고 있는 사람은
까닭 없이 이 세상에서 돌아다니고 있는 사람은
나를 향해 걷고 있습니다.

지금 이 세상 어디에선가 죽어가는 사람은
까닭 없이 이 세상에서 죽어가는 사람은
나를 향해 쳐다보고 있습니다.

오뉴월의 장의 행렬(葬儀行列)

가난한 노파의 눈물

거만한 인간

보랏빛과 흑색과 회색의 빛깔들

둔한 종소리

바이올린의 G현

가을밭에 보이는 연기

산길에 흩어진 비둘기의 털

자동차에 앉은 출세한 부녀자의 좁은 어깨

흘러 다니는 가극단의 여배우들

줄에서 세 번째 떨어진 광대

지붕 위에 떨어지는 빗소리

휴가의 마지막 날

사무실에서 처녀의 가는 손가락이 때 묻은 서류 속에

움직이고 있는 것을 보게 될 때

만월의 밤 개 짖는 소리

크누트 함순의 이삼절

어린아이의 배고픈 모양

철창 안에 보이는

죄수의 창백한 얼굴

무성한 나무 위에 떨어지는 백설(白雪)

이 모든 것이 우리의 마음을 슬프게 한다.

안톤 슈냐크의 '우리를 슬프게 하는 것들' (문예출판사) 중에서

우리는 무언가를 잊고 사는 것 같습니다. 슬픔을 말입니다. 슬픔은 우리와 세상을 잇는 끈입니다. 어찌할 수 없어서, 혹은 갈 길이 바빠서 슬픔을 잊고 있는 것 같습니다. 눈물의 본질을 꿰뚫어 보는 삶은 시시비비에서 벗어난 삶입니다. 아니, 시비를 넘어 사랑으로 가는 삶입니다.

월트 휘트먼

가벼운 마음으로 열린 길로 나선다.
건강하게, 자유롭게, 세상을 앞에 두니
어디를 가든 내 앞에는 긴 갈색 길이 뻗어 있다.

더 이상 행운을 찾지 않으리, 나 자신이 행운이므로.
더 이상 울지 않고, 미루지 않고, 요구하지 않고,
방안에서의 불평도, 도서관 출입도, 시비조의 비평도 끝내리라.
만족한 채 힘차게 열린 길로 여행한다.

대지, 그것이면 족하다.
별자리가 더 가까울 필요도 없다.
모두 제 자리에 잘 있다는 것을 알고 있나니,
그것들은 소속된 사람들을 위해
충분한 역할을 한다는 것을 알고 있나니.

하지만 나는 즐거운 내 옛 짐을 마다하지 않는다.
나는 그들을 지고 간다, 남자와 여자를,
그들을 어디를 가든 지고 간다.
그 짐들을 내릴 수는 없으리.
나는 그들로 채워져 있기에; 마찬가지로 나도 그들을 채운다

열린 길로 여행해 보세요. 당신은 항상 새로운 것을 보고, 재발견하고, 그리고 새롭게 태어납니다. 여행할 때는 불평도, 비평도 접어야 합니다. 대지 그것이면 족하므로. 행운도 찾지 말아야 합니다. 여행하는 자신이 행운이므로. 사람들은 흔히 말로는 옛 짐을 버린다고 합니다. 무소유를 이야기합니다. 오늘의 내가 옛 짐으로 채워져 있는데도 말입니다. 버리는 사람만이 채울 수 있듯이 채운 사람만이 버릴 수 있습니다.

여행가 한비야의 배낭꾸리기 비법에는 비우기와 채우기의 절묘한 조화가 있습니다. 소중한 하나하나로 채우는 비법은 무엇일까요.

나는 배낭을 가볍게 싸기로 유명하다.
배낭을 쌀 때의 원칙은 이렇다.
제일 먼저, 넣을까 말까
망설이는 물건은 다 빼놓는다.
꼭 필요한 것 중에서도
여러 용도로 쓸 수 있는 물건에 우선권을 준다.
또한 이미 넣은 물건은 되도록 무게를 줄인다.
이렇게 최소의 최소를 추려서 다니니
뭐든지 하나씩이고 그 하나가
얼마나 소중하게 느껴지는지 모른다.

한비야의 '중국견문록(中國見聞錄)' 중에서

슬픔을 기쁨과 바꾸진 않으리

칼릴 지브란

눈물과 미소, 내 가슴의 슬픔을

저 많은 사람들의 기쁨과 바꾸지 않으리.

내 몸 구석구석 흐르는 슬픔이

웃음으로 바뀐다면

나는 그런 눈물 또한 흘리지 않으리.

나의 인생에는 눈물과 미소가 있기를 바란다.

눈물은 내 가슴을 씻어 주고

인생의 비밀과 숨겨진 것들을 이해하게 한다.

나를 내 종족의 아들들에게 가까이 이끌어주는 미소는

신들에게 바치는 찬미의 상징이다.

눈물은 나를 가슴이 찢어진 사람들과 묶어 준다.

미소는 살아 있는 내 기쁨의 표시다.

나는 지쳐서 절망적으로 살기보다는

열망과 동경 속에서 죽기를 바란다.

나는 내 영혼 깊은 곳에

사랑과 아름다움에 대한 굶주림이 존재하기를 바란다.

만족하고 있는 사람이야말로

가장 비참한 사람이라는 것을 보았으므로.

열망과 동경을 가진 사람들의 한숨 소리는

세상에서 가장 달콤한 음악보다도 더 달콤하다.

저녁이 다가오면 꽃들은
꽃잎을 접고 잠들며 그리움을 가슴에 묻는다
아침이 다가오면 꽃들은
입술을 열어 태양과 입맞춘다.
한 송이 꽃의 삶이란 그리움과 실현, 눈물과 미소.

바다의 물은 수증기가 되어 하늘로 올라가
함께 모여서 구름이 된다.
구름은 언덕과 계곡 위를 떠돌다
부드러운 바람을 만나면
눈물을 흘리며 들판 위로 떨어져
시냇물과 강물과 합류한다.
구름의 삶이란 작별과 만남, 눈물과 미소.

이렇듯 영혼은 더욱 위대한 영혼으로부터 떨어져 나와
물질의 세계 속으로 들어가며
슬픔의 산과 기쁨의 평원 위를 구름처럼 떠돌다
죽음의 바람과 만나 자신이 태어난 곳으로 되돌아간다.
사랑과 아름다움의 대양으로… 신에게로.

사랑의 고뇌처럼 달콤한 것이 없고
사랑의 슬픔처럼 즐거움은 없으며,
사랑의 괴로움처럼 기쁨은 없다
사랑에 죽는 것처럼 행복은 없다

J. 라브뤼이엘

사랑의 고뇌는 분명 달콤한 슬픔입니다. 어느 날 지브란은 사랑하는 여인이 울고 있는 것을 보았습니다. 무엇 때문에 눈물을 흘리느냐는 물음에 여자는 미소를 지으면서 대답했습니다.
"지브란, 이건 말예요, 그냥 '눈물과 미소'일 뿐이에요." 그는 인간이라는 존재가 기쁨(미소)과 고통(눈물)으로 빚어졌다는 것을 깨닫고, 훗날 '눈물과 미소'를 씁니다. 이 작품에는 영국 시인 윌리엄 블레이크의 영향을 받은 흔적이 보입니다.

기쁨은 가면을 벗은 슬픔

칼릴 지브란

그대의 기쁨은 가면을 벗은 그대의 슬픔.
그대의 웃음이 솟는 그 우물은
때로는 당신의 눈물로 채워져 있다.
그렇지 않다면 그것이 어떻게 존재할 수 있을까!
슬픔이 그대의 존재 속으로 깊이 파고들면 들수록
그대가 간직한 기쁨은 더욱 커질 것이다.
그대의 포도주를 담은 잔은
도공의 가마에서 구워진 바로 그 잔이 아니던가.
그대의 영혼을 어루만지는 류트는
칼로 파낸 바로 그 나무가 아니던가?

즐거울 때면 그대의 가슴 속을 들여다보라.
그러면 즐거움이 그대에게 슬픔을 안겨주었음을
그대는 알게 되리라.
서러울 때면 그 때도 그대의 가슴 속을 들여다보라.
그러면 그대가 흘리는 눈물이 기쁨 때문이었다는 것을
그대는 알게 되리라.

어떤 이는 이렇게 말할 것이다. "기쁨은 슬픔보다 위대하다."
또 다른 이는 이렇게 말할 것이다. "아니야, 슬픔이 더 위대하다."
그러나 기쁨과 슬픔은 갈라놓을 수 없는 것.
그 둘은 함께 와서 한쪽이 식탁에서 그대와 함께 앉아 있을 때,
다른 한쪽은 침대 위에서 그대와 함께 잠들고 있다는 것을 그대여 기억
하라.

그대는 저울처럼 슬픔과 기쁨 사이에 매달려 있나니.
그대가 비어 있을 때만 멈춰서 균형을 잡으리라.
보석지기가 금과 은을 달기 위해 그대를 들어올릴 때,
그대의 기쁨과 그대의 슬픔도 올라가거나 내려갈 수밖에 없나니.

스스로를 되돌아보며 내 속에 여러 가지 인격이 혼재돼 있다는 것을 깨닫고 깜짝
놀란 적이 한두 번이 아니었다. 나는 여러 명의 인간으로 구성돼 있고 겉으로 드
러난 인간은 또 다른 인간에게 시시각각 자리를 내준다. 그러나 어떤 인간이 진
짜 나일까? 그 모든 인간일까 아니면 아무 것도 아닐까?

서머싯 몸의 '인간의 굴레' 중에서

인간은 정도 차이는 있지만 누구나 '다중인격장애'를 가지고 있습니다. 우리의
마음속에는 늘 슬픔과 기쁨, 사랑과 미움, 선과 악이 넘나들기 때문입니다.
기쁨의 반대말은 슬픔이 아니요, 사랑의 반대말은 미움이 아니요, 선의 반대말은
악이 아닙니다. 당신 앞에 빨간 장미가 있습니다. 그 장미는 이렇게 말합니다. "나
는 빨간 색이 아니다." 물리학적으로 색이란 흡수되지 못한 빛이 반사되는 것입
니다. 따라서 빨간 장미에는 빨간 색 외의 다른 모든 색이 흡수돼 있을 것입니다.
'당신이 서러울 때 당신의 가슴 속을 가만히 들여다 보세요. 그러면 당신은 알게
될 겁니다. 사실은 당신의 기쁨 때문에 당신이 울고 있음을.'

동물의 관점

셸 실버스타인

추수감사절 만찬은 슬플 뿐이지 고맙지는 않다
크리스마스 만찬은 어둡고 우울하다
잠시 멈추고 칠면조의 관점에서
그것을 바라본다면.

일요일 만찬은 즐겁지 않다
부활절 축제는 불운일 뿐이다
닭이나 오리의 관점에서
그것을 바라본다면.

한때 나는 참치 샐러드를 얼마나 좋아했던가,
돼지고기, 바닷가재, 양갈비 고기도
잠시 멈추고 저녁 만찬의 관점에서
식탁을 바라보았을 때까지는.

침어락안(沈魚落雁). 미인으로 이름난 모장이나 진(晋) 나라 헌공(獻公)의 부인 여희(麗姬)는 사람들이 모두 아름다운 미인이라 하지만 이들 미인도 얼굴을 물에 비쳐 보이면 즐겁게 헤엄치던 물고기들은 무섭다고 물 속으로 깊이 숨어버린다. 우주에는 절대적인 미추나 선악은 없다.

장자

식탁의 음식은 거의 대부분 생명체입니다. 다른 생명이 죽어 또 다른 생명을 살찌우는 것은 어쩔 수 없는 자연의 섭리일지도 모릅니다. 스테이크를 앞에 두고 우아하게 포크를 휘두르는 그대가 아름답게 보일지는 모르나 식탁의 관점에서 보면 우울한 일일 뿐. 우아하고 아름답게 보이는 것들은 사실 추악한 것의 포장물이라는 것을 우리는 늘 느끼며 살고 있지 않는가.

맥주통에서 찾은 행복

칼 샌드버그

나는 인생의 의미를 가르치는 교수님들에게
행복이 무엇인지 물어보았다.
수천명의 일을 지휘하는 유명한 경영자들도 찾아가보았다.
그들은 모두 고개를 내저으며
내가 자신들을 놀리고 있기나 한 듯 미소만 지었다.
어느 일요일 오후 데 플레인즈 강가를 배회하던 중
한 무리의 헝가리인들이
나무 아래에서 아내와 아이들과 함께 놀고 있는 것을 보았다.
신나게 손풍금을 켜고 맥주를 마시면서.

텔렘 수도원에 규범, 즉
"원하는 대로 행하라"라는
말이 붙어 있다.
"행복해지기를 기다리지 말고
그전에 웃어야 한다. 자칫하다가는
웃어 보지도 못하고 죽게 된다"는 말도 보인다.
17세기의 작가 라 브뤼예르의 말이다.

베르나르 베르베르의 '뇌' 중에서

행복해지고 싶은 사람은 지금 당장 행복해야 합니다. 경제적 안정을 되찾은 후 행복하기에는 인생이 너무 짧습니다. 조금만 가난해지면 행복해집니다. 골프채 대신 운동화 한 컬레면 어떻습니까. 생활을 다운사이징하면 지금 당장 행복해질 수도 있습니다. 재계를 주무르던 모 재벌의 회장은 지금 외국을 배회하고, 또다른 재벌회장은 스스로 목숨을 끊었습니다. 어쩌면 자신들보다 회사를 위해 인생을 바친 사람들인지도 모릅니다.

집안 어른의 말씀이 생각납니다. "공부를 많이 하면 하는 만큼 고민도 커진다. 또 그 만큼 고생도 해야 한다. 공부한 것을 써 먹어야 하니까." 의사선생님, 판사님, 교수님 모두 훌륭한 일을 많이 하는 사람들입니다. 그들도 자신의 일을 즐기지 않는 한 결코 행복한 사람이 될 수는 없을 겁니다.

행복

헤르만 헤세

그대가 행복을 추구하는 한
행복할 만큼 성숙해 있지는 않다
사랑스런 것들이 모두 그대의 것일지라도

잃어버린 것에 대해 애석해하고
목표로 인해 초조해 하는 한
그대는 평화가 무엇인지 모른다.

모든 소망을 단념하고
목표와 욕망도 잊어버리고
행복을 입 밖에 내지 않을 때,
그때 비로소 세파는
그대의 마음을 괴롭히지 않고
그대의 영혼은 마침내 평화를 찾는다.

저음으로 말할 것
잔잔하게 웃을 것

햇빛을 가득하게
음악은 고풍으로

그리고 목숨을 걸고
그 평화를 지킬 것.

유자효의 '우리시대 현대시조 100인선 39권- 데이트' 중에서

돈과 성격 때문에 사랑과 가정이 너무나 허약하게 무너집니다. 평화는 어떻게 찾아야 할까요? 차분한 목소리로 말하세요. 은은한 미소로 대하세요. 주변을 밝게 하세요. 조용한 음악이 흐르게 하세요. 그러면 욕망에 흔들리지 않습니다. 목표는 이미 나의 곁에 와 있습니다. 지금 당장 목표에 도달해 있지 않는 한 당신은 결코 행복할 수 없습니다. '갈매기 조나단'의 스승 치앙이 말하지요. "이미 그 곳에 도달해 있다는 것을 앎으로써 시작하라." (You must start by knowing that you already arrived there.)

‘하늘의 푸르름’, ‘햇빛과 구름 한 점 없는 하늘’이 있기에 우리는 살아갑니다.
우리가 무덤 속에서 하늘의 푸르름을 생각이나 할 수 있을까요. 푸른 하늘이 존재
하기에 우리는 불행할 수 없습니다. 아침마다 해가 뜰 것을 기대하기에 오늘 저녁
의 별이 더욱 아름답게 빛납니다. 살아있음이 기쁩니다.

사월이여 아름다움으로 충분한 건 아니다

에드나 빈센트 밀레이

사월이여, 그대는 어이하여 다시 오는가?
아름다움만으로 충분한 건 아니다.
그대는 이제 끈끈하게 움트는 작은 이파리의
붉은 빛으로도 나를 달랠 수 없다.
나도 알 것은 안다.
크로커스 꽃무더기를 바라보노라면
목덜미에 햇살이 따사롭다.
흙 내음도 향긋하다.
죽음이 없는 것처럼 보이누나.
하지만 그게 무슨 소용이 있으랴?
땅 밑에서는 사람들의 뇌수가
구더기에 먹히고 있지 않느냐. 그뿐인가.
삶 자체가 허무요,
빈 잔이요, 융단 깔리지 않은 층계.
해마다 이 언덕으로 사월이
천치처럼 흥얼거리며 꽃을 뿌리며 온다 한들
그것으로 충분한 건 아니다.

나날이 푸르러 가는 이 산 저산,

나날이 새로운 경이를 가져오는 이 언덕 저 언덕,

그리고 하늘을 달리고 녹음을 스쳐 오는 맑고 향기로운 바람…

우리가 비록 빈한하여 가진 것이 없다 할지라도,

우리는 이러한 때 모든 것을 가진 듯하고,

우리의 마음이 비록 가난하여 바라는 바,

기대하는 바가 없다 할지라도,

하늘을 달리어 녹음을 스쳐 오는 바람은

다음 순간에라도 곧 모든 것을 가져올 듯하지 아니한가?

이양하의 '신록예찬' 중에서

시인은 봄철의 새 생명에서 죽음을 예감하는가 하면 신록이 모든 것을 가져다 줄
것처럼 느끼기도 합니다. T.S. 엘리어트는 '4월은 잔인한 달'이라고 노래했지만
4월의 연두색은 긴장을 완화시키고 공격성을 누그러뜨리는 에너지를 가지고 있
습니다. 불같은 당신의 성격, 연두로 재우세요.

사월은 잔인한 달 – '황무지' 중에서

T. S. 엘리어트

사월은 가장 잔인한 달
죽은 땅에서 라일락을 키워내고
추억과 욕정을 뒤섞고
잠든 뿌리를 봄비로 깨운다.
겨울이 오히려 따뜻했다.
대지를 망각의 눈으로 덮어주고
연약한 목숨을 마른 구근으로 먹여 살렸다.

삶의 의미를 상실한 현대인들에게는 모든 것을 일깨우는 사월이 가장 잔인한 달일 수밖에 없습니다. 가사(假死) 상태를 원하는 현대인에게 봄은 '저주받은 축복'입니다. 만물이 소생하는 봄은 축복의 계절이지만 연약한 뿌리가 겨울의 단단한 땅을 뚫고 밖으로 나와야 한다는 점에서 보면 저주의 계절이지요. 축복과 저주는 한 장소에서 뒤섞입니다. 황무지에서 희망의 씨앗을 싹트게 하려면 각자의 껍질을 뚫고 나오는 인고가 동반돼야 할 것입니다. 찬란한 봄은 부활을 약속하지만 우리는 연약한 목숨을 이어가야 하는 잔인한 운명의 장난에 노출됩니다. 겨울에는 축복을 느낄 수 없었기에 저주도 받지 않았던 것입니다. 겨울은 눈으로 세상을 온통 하얗게 덮어버려 현실의 추함과 고통을 잊게 만들었던 것이지요. 축복이 저주라면 이보다 더 잔인한 일이 있을까요. '사월은 잔인한 달'입니다.

굴하지 않으리

윌리엄 어니스트 헨리

이 세상 끝까지 지옥처럼 어둡게
나를 뒤덮은 밤의 어둠 속에서도,
나는 어떤 신이든
내게 불굴의 영혼을 주신 것을 감사하노라.

환경의 잔인한 손아귀에 붙잡혔을 때도
나는 주춤거리지도 큰소리로 울지도 않았노라
운명의 몽둥이에 난타당해
머리에 피가 흐를지라도 굴하지 않으리.

분노와 눈물의 이 세상 너머에는
유령의 공포만이 섬뜩하게 모습을 드리운다.
그러나 세월이 위협할지언정
내가 두려워하는 모습은
지금도 앞으로도 보지 못하리라.

상관하지 않으리라,
천국의 문이 아무리 좁고
저승의 명부에 온갖 죄목이 적혀 있다하더라도.
나는 내 운명의 주인이요,
내 영혼의 선장이나니.

풀이 눕는다
비를 몰아오는 동풍에 나부껴
풀은 눕고
드디어 울었다
날이 흐려서 더 울다가
다시 누웠다

풀이 눕는다
바람보다도 더 빨리 눕는다
바람보다도 더 빨리 울고
바람보다 먼저 일어난다

김수영의 시 '풀' 중에서

어니스트 헨리는 청년 시절 자신을 괴롭히던 병마를 극복하기 위해 현세의 고난과 시련, 내세의 공포에도 굴하지 않고 자신의 신념과 의지에 따라 살겠다는 각오를 다집니다. 바람보다 먼저 눕고 먼저 일어나는 풀, 어떤 억압에도 굴하지 않는 민중들의 삶, 풀뿌리 인생의 끈질김을 연상시킵니다. 지난 2001년 6월 12일에 사형을 받은 미국 오클라호마시티 연방청사 폭파범 티모시 맥베이가 이 시를 최후의 말로 인용해 많은 사람들의 주목을 끌었습니다. 신념이 확신범을 만드는 경우는 우리 주변에도 있는 것 같습니다.

인생예찬

헨리 워즈워드 롱펠로

슬픈 목소리로 내게 말하지 말라
인생은 한낱 헛된 꿈이라고!
잠든 영혼은 죽은 것이니
만물은 겉보기와는 다르다

인생은 진실된 것! 삶은 진지한 것!
무덤이 인생의 종말은 아니다
'너는 흙이니 흙으로 돌아가리라'
이 말은 영혼을 두고 한 말이 아니다

즐거움도 슬픔도
정해진 목적이나 길이 아니다
내일이 오늘보다 낫도록
행동하는 것이 목적이요 길이다

예술은 길고 인생은 짧다
우리의 심장은 튼튼하고 용감하지만
희미한 북소리처럼 무덤을 향한
장송곡을 끊임없이 울리고 있구나

인생이란 드넓은 전쟁터에서,
인생의 야영장에서
말 못하고 쫓겨 다니는 짐승이 되지 말고
싸움터의 영웅이 되라!

아무리 즐거워도 '미래'를 믿지 말라
죽은 '과거'로 그대로 묻어두라
행동하라…살아 있는 현재에 행동하라!
가슴 속에 용기가, 머리 위엔 하느님이 있다!

모든 위인의 생애는 우리에게 떠올려준다
우리도 숭고한 인생을 영위할 수 있음을,
그리고 떠날 때는 우리 뒤에
시간의 모래에 발자국을 남길 수 있음을

그 발자국은, 훗날 인생의 장엄한 바다를
항해하는 어떤 다른 사람,
외롭게 조난당한 어떤 형제의 눈에 띄어
새로운 용기를 불어넣을 것이다

그러니 우리 모두 일어나 행동하자
어떤 운명과도 맞설 용기를 가지고
끊임없이 성취하고 추구하면서
일하는 것을, 기다리는 것을 배우자

길이 끝이 나기 전에는
나의 그림자를 보이지 않으리.
적진을 돌격하는 전사와 같이.
나무에서 떨어진 새와 같이.
적에게나 벗에게나.
그리고 모든 것에서부터. 나를 감추리.

김수영의 시 '더러운 향로' 중에서

강금실 법무장관은 검사들에게 보낸 이메일에서 김수영의 시 '더러운 향로'를 인용해 검사를 '전사'에 비유했습니다. 강 장관은 또 "투사는 무언가의 목적을 이루기 위하여 싸우지만 전사는 자기 삶을 이미 "검사라는 직업뿐 아니라 우리 모두 삶의 전사라는 믿음을 갖게 된 것 같다"고 덧붙였습니다.
'말 못하고 쫓겨 다니는 가축이 되지 말고 싸움터의 영웅이 되라.'

헨리 워즈워드 롱펠로

잃은 것을 얻은 것과
놓친 것을 이룬 것과
비교해 보아도
자랑할 것이 별로 없구나

나는 알고 있다
얼마나 많은 날을 헛되이 보내고,
화살처럼 날려 보낸 좋은 의도
못 미치거나 빗나갔음을

하지만 누가 이처럼
잃은 것과 얻은 것을 계산하겠는가
실패가 가면을 쓴 승리일지 모르고
달도 차면 기우는 것을

벗이여 당당하게 쓰러져주셔요
온몸을 던져 싸우고
깨끗하게 쓰러져 주셔요
오직 이기려고만 하지 말고
지기 위해서도 싸우셔요
비겁한 승리보다도 떳떳한 쓰러짐이 빛나요

-도종환의 시 '풀잎이 그대에게' 중에서

인생에는 늘 승리만 있을 수도, 늘 패배만 있을 수도 없습니다. 그 깊이를 알고 나면 설사 졌다 해도 상처를 받지 않습니다. 고귀한 당신, 상처 받아서는 안 됩니다.

특혜 받은 거리를 방황한다 – 런던

윌리엄 블레이크

나는 특혜 받은 거리를 방황한다,
근처에는 특혜 받은 템스 강이 흐른다
그리고 내가 만나는 얼굴마다
나약함의 흔적, 비애의 자국이 어려 있다

모든 사람들의 비명 소리마다,
모든 아기들의 공포에 질린 울음에서,
모든 목소리에서, 모든 금지 명령에서,
마음이 벼려 만든 족쇄 소리를 나는 듣는다

굴뚝 청소하는 아이의 울음 소리가
음험한 교회를 어떻게 섬뜩하게 하는가를,
불행한 병사의 한숨이 어떻게
피가 되어 궁궐 벽을 타고 흐르는가를

한밤 중 거리에서 나는 듣는다
어떻게 젊은 창녀의 저주가
갓난아이의 눈물을 말려 버리고
결혼의 꽃상여를 전염병으로 시들게 하는가를

어떤 사람들은 냉혹한 사회가 던져준 인습과 금지령, 법률과 규칙 때문에 외로운 섬에 갇힌 채 일종의 '허위 개체'(pseudo- individuality)가 되어 살아갑니다. 그들은 사람들과 사귀거나 사랑을 속삭일 시간도, 여유도 없이 세상이 요구하는 대로 살아갑니다. 굴뚝 청소하는 아이, 왕궁을 지키는 병사, 몸을 파는 여인은 외로운 섬에 갇혀 있습니다. 우리 주변에는 그런 사람들이 없을까요. 우리 주변에는 그런 인습이 없을까요. 나라는 개체가 매몰되는 경우는 없는가요. 아니면 나 자신이 노예의 무탈함에 안주하고 있지는 않는가요.

샬럿 브론테

인생은 현자들이 말하는 것처럼
어두운 꿈은 아니랍니다
때로는 아침에 조금 내린 비가
화창한 날을 예고하거든요
어떤 때는 어두운 구름이 끼지만
금방 사라져 버리지요
소나기가 온 뒤 장미가 핀다면
소나기 퍼붓는 것을 왜 슬퍼하나요?
재빠르게, 즐겁게
인생의 밝은 시간은 훌쩍 지나가 버리지요
고마운 마음으로, 유쾌하게
날아가는 시간을 즐기세요
가끔 죽음이 들러서
가장 소중한 이를 데려간다 한들 어떠리오?
슬픔이 승리하여
희망을 마구 뒤흔든다 한들 어떠리오?
희망은 쓰러져도 꺾이지 않고
다시 탄력 있게 일어서거든요
희망의 금빛 날개는 여전히 활기차고
여전히 힘차게 우리를 잘 지탱시켜주지요
씩씩하게, 두려움 없이
시련의 날을 견디세요
영광스럽게, 늠름하게
용기는 절망을 이겨낼 수 있으니까요

매일 날씨가 좋으면 사막이 되고 맙니다.

비바람은 거세고, 귀찮은 것이지만

그로 인해 새싹이 돋습니다.

내 앞에 비바람이 불 때

나의 소임이 무엇인가를 되뇌면서 참고 견디면

좋은 날은 반드시 옵니다.

전대련 전 YMCA 회장의 퇴임사 중에서

맑은 날씨만 계속되는 것이 반드시 좋은 것은 아니지요. 맑은 날씨가 아름다운 것은 궂은 날씨가 있기 때문입니다. 우리는 시련을 겪을 때 아련히 솟아나는 즐거움을 느낍니다. 시련을 즐길 수 있을 때 인생은 아름다워집니다. 희망과 절망의 속살을 들여다 볼 때 인생은 깊어지고 아름다워집니다.

살아 있음이 기쁘다.

리젯 우드워드 리스

살아 있는 것이 기쁘다.
하늘의 푸르름이
시골의 오솔길이
흘러내리는 이슬이 정겹다.

햇빛 비친 뒤엔 비가 오고
비온 뒤엔 햇빛이 난다.
삶의 길이란 이러 하리라,
우리 인생이 끝날 때까지.

우리가 해야 할 일은
낮게 있든 높게 있든
하늘 가까이 가도록
노력하는 것이리니.

거의 매일 아침 나는 다락방으로 간다.
오래된 공기를 내 몸 밖으로 내보내기 위해.
나는 마루에 앉아
푸른 하늘과 벌거벗은 밤나무를 쳐다본다.
가지 위에는 빗방울이 은빛처럼 빛난다.
갈매기들이 바람을 타고 미끄러지듯 지나간다.
이 햇빛과 구름 한 점 없는 하늘이 존재하는 한
나는 불행할 수 없다.

'안네 프랑크의 일기' 중에서

'하늘의 푸르름', '햇빛과 구름 한 점 없는 하늘'이 있기에 우리는 살아갑니다. 우리가 무덤 속에서 하늘의 푸르름을 생각이나 할 수 있을까요. 푸른 하늘이 존재하기에 우리는 불행할 수 없습니다. 하늘의 푸르름 뒤에는 저녁이라는 안식까지 우리를 기다립니다. 아침마다 해가 뜰 것을 기대하기에 오늘 저녁의 별이 더욱 아름답게 빛납니다. 살아 있다는 것이 기쁩니다.

Ⅲ
내일은 또 다른 오늘일 뿐

가보지 않은 길

로버트 프로스트

노란 숲 속에 두 갈래 길이 있었습니다
안타깝게도 두 길을 다 갈 수 없어
한 나그네는 오랫동안 서서
덤불로 굽어드는 데까지
가능한 멀리 바라보았습니다

그리곤 똑 같이 아름다운 다른 길을 택했습니다
풀이 더 우거지고 사람의 자취가 적어 보여
아마도 그 길이 내 마음을 더 끌었나 봅니다
실은 두 길 모두
거의 똑 같이 발길이 닿았지만

그런데 그날 아침 두 길은 똑같이
발길에 밟히지 않은 낙엽으로 덮여 있었습니다
아, 나는 첫째 길을 후일로 기약해 두었습니다!
하지만 길은 길로 이어지는 법이라
되돌아올 수 있을 지를 의심하면서

먼 먼 훗날 어디선가 나는
한숨지으며 이렇게 말할 것입니다
어느 숲에 두 갈래 길이 있었다고,
나는 사람이 덜 다닌 길을 택했노라고
그것 때문에 모든 것이 달라졌노라고

사람의 운명이란 때로는 사소한 사건,
우연한 만남에 의해 결정되는 미묘한 것이란
생각이 들 때가 있다.
여러 갈래로 뻗어 있는 삶의 길,
그 중에서 어떤 하나를 선택하게 하는 것은
어쩌면 길 저쪽에서 반짝이는 이파리 하나,
혹은 희미하게 들리는 휘파람
소리일지도 모른다.

홍정욱의 '7막7장' 중에서

삶은 선택의 연속입니다. 선택하지 않는 것도 선택이지요. 프로스트는 두 갈래 길을 통해 선택한 자기 인생에 대한 회한과 선택하지 않은 인생에 대한 미련을 드러내고 있습니다.

두 갈래 길이 나타날 때 이런 선택은 어떨까요. 쉬운 것보다는 어려운 것을, 자신을 위한 것보다는 다른 많은 사람을 위한 것을 선택하는 것 말입니다.

우리가 선택을 유도하는 세일즈맨이나 구애를 하는 사람이라면 반짝이는 이파리 하나, 희미하게 들리는 휘파람 소리와 같은 사소하지만 결정적인 것을 가미하는 것은 어떨까요.

화살과 노래

헨리 워즈워드 롱펠로

화살 하나를 공중에 쏘았네
땅에 떨어졌지만 어디에 있는지 알 수 없어라.
화살이 너무 빨리 날아서,
날아가는 것을 볼 수 없었네.

노래 한 곡조 공중에 띄워 보냈네.
땅에 떨어졌지만 어디에 있는지 알 수 없어라.
누가 그토록 예민하고 좋은 시력을 갖고 있어
날아가는 노래를 좇아갈 수 있었으랴.

오랜 세월이 흐른 후 한 참나무에
아직도 박혀 있는 화살을 찾았네.
그리고 노래도 처음부터 끝까지
한 친구의 마음 한 가운데 그대로 남아 있었네.

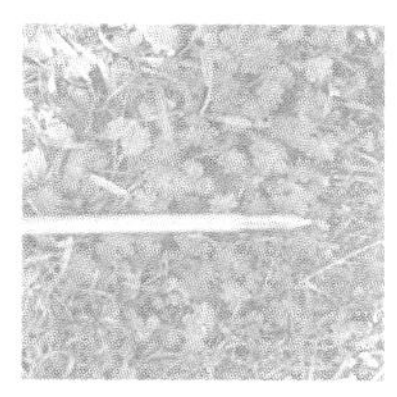

화살 하나가 공중을 가르고 과녁에 박혀

전신을 떨듯이

나는 나의 언어가

바람 속을 뚫고 누군가의 가슴에 닿아

마구 떨리면서 깊어졌으면 좋겠다

불씨처럼

아니 온 몸의 사랑의 첫 발성처럼

이시영의 '시' 중에서

한 시인이 길을 가다가 아는 사람을 만났습니다. 시인은 반가운 마음으로 그에게 인사를 건넸지만, 그는 아무 반응도 없이 찬바람을 일으키며 지나가 버렸습니다. 깜짝 놀란 시인은 그를 따라가 왜 그러냐고 물었습니다. "당신이 먼저 그런 식으로 대했잖아요." 그러나 시인은 그를 무시한 기억이 없었습니다. 아마 골똘히 생각에 잠긴 채 길을 걷다가, 반갑게 인사하는 그를 그냥 지나친 모양이었습니다. 자기도 모르는 사이에 남에게 마음의 상처를 줄 수 있다는 사실이 슬퍼진 시인은 집으로 돌아와 한 편의 시 '화살과 노래'를 썼습니다.

사소한 행동 하나가 누군가에게 깊은 상처를 오랫동안 남길 수 있다는 사실이 섬뜩합니다.

취하라!

샤를 보들레르

사람은 항상 취해야 한다.
이것은 무엇보다 중요한 것.
이것은 피할 수 없는 요구사항.
그대의 어깨를 짓누르고 그대의 허리를 휘게 하는
시간의 끔찍한 중압감을 느끼지 않으려면
끊임없이 취해야 한다.
그러나 무엇에?
술이건, 시이건, 덕행이건,
그대가 좋아서 선택하는 것에.
다만 취하라.
그러다 때로 궁전의 계단에서,
개천의 푸른 잔디 위에서,
삭막하고 고독한 그대의 방에서 깨어나 보니
취기가 이미 사라져 있다면 물어보라.
지금 몇 시냐고, 바람, 파도, 별, 새, 시계,
달아나는 모든 것, 신음하는 모든 것,
구르는 모든 것, 노래하는 모든 것,
말하는 모든 것에게 물어보라.
그것들은 대답할 것이다:
"지금 취할 시간이다!
시간에 시달리는 노예가 되지 않으려면 취하라,
쉬지 않고 취하라!
술이건, 시이건, 덕행이건 당신이 좋아 선택한 것에!"

샤를 보들레르는 삶을 절대적으로 지배하는 시간의 굴레에서 벗어나려면 자신이 좋아하는 일에 빠져야 한다고 역설합니다. 취하는 것도 하나의 경지인 것 같습니다. 당시대 말기 시인 이상은(李商隱)은 '꽃 아래서 취하다 (花下醉)'에서 '쉬지 않고 취하라' 는 메시지를 보냅니다.

꽃 찾아 나섰다가 그만 술에 취하여,
나무에 기대어 잠든 사이 해가 저물었네.
상춘객들 돌아가고 오밤중이 되어서야 술이 깨어서,
다시 촛불 밝혀 들고 나머지 꽃구경 한다네.

꿈을 꼭 붙드세요.

랭스턴 휴스

꿈을 꼭 붙드세요.
꿈이 사라지면
인생은 날 수 없는
날개 부러진 새와 같으니까요.

꿈을 꼭 붙드세요.
꿈이 사라지면
인생은 눈으로 얼어붙은
황량한 들판 같으니까요.

인생에서 가장 고통스러운 것은

꿈에서 깨어났을 때 갈 길이 없는 것입니다.

꿈을 꾸고 있는 사람은

그래도 행복합니다.

아직 갈 길을 발견하지 못한 경우라면,

가장 긴요한 것은

그를 꿈에서 깨우지 않는 것입니다.

노신(魯迅)의 '아침꽃을 저녁에 줍다(朝花夕拾)' 중에서

꿈은 인생의 설계도와 같은 것입니다. 설계도 없이 집은 지어지지 않습니다. 먼저 인생을 설계하십시오. 꿈은 이루어집니다. 그러나 꿈이 이루어지는 순간 더 이상 꿈이 아닙니다. 하나의 집에서만 살면 영혼조차 생기를 잃습니다. 계속 집단장을 하거나 새로운 집을 지어야겠지요.

다른 북소리

헨리 데이비드 소로

왜 우리는
성공하기 위해
그토록 조급해 하고
그토록 사업적일까.
만일 어떤 이가
자신의 동료들과 발을 맞추지 않는다면
아마도 그는
다른 북소리를 듣고 있는지도 모른다.
박자가 고르든, 늦든
그가 듣는 북소리에
스스로 발을 맞추게 하라.

데이비드 소로에게 한 친구가"열심히 일해 차비를 벌면 피츠버그로 여행갈 수 있을 텐데"라고 충고하자 소로는 이렇게 대답했습니다. "자네는 차비를 벌기 위해 하루 종일 일해야 하므로 잘해야 내일쯤 그곳에 도착할 것이다. 그러나 나는 지금 걸어가면 저녁에 도착할 수 있지." 친구가 열심히 일해서 돈을 버는 동안 소로는 자연과 벗하며 걷기 명상을 했습니다. 물론 피츠버그에 소로가 먼저 도착할 것입니다. 인생을 먼저 풍요롭게 즐길 수 있겠지요. 인생은 돈만으로 즐길 수 있는 것은 아닙니다. 또 돈을 벌기 위해 허비한 시간은 얼마나 아까운가요.

물건이나 차표를 사기 위해서는 돈을 벌어야 합니다. 그러려면 과로를 하지 않을 수 없습니다. 행복을 추구할 시간적 여유도 상실합니다. 행복하기 위해서는 지금 당장 행복해져야 합니다. 돈을 번 다음에 시인 생활을 하려다 영원히 시인 생활을 못할지도 모릅니다. 당장 호숫가에서 시를 써야 합니다.'소비 · 폐병'을 뜻하는 consumption은 문자 그대로 '완전히(con) 쓴다(sumere)'는 의미를 가지고 있습니다. 행복을 지키기 위해서는 돈도 벌고 소비도 해야 합니다. 소로는 매사추세츠 주의 월든 호숫가 숲 속에서 생산과 소비(consumption) 생활을 하는 대신 자급자족 생활을 하다 폐병(consumption)에 걸려 죽었습니다. 어쨌든 인생에는 조화가 필요한 것 같습니다.

우리는 소로 방식의 숲 속 생활을 동경하지만 쉽게 동참하지는 못합니다. 그러나 적게 벌고 많이 즐기면서도 같은 북소리와 다른 북소리에 모두 발을 맞출 수도 있을 것입니다. 조금 가난해지면 많이 행복해질 수 있을 것입니다.

혼자 있는 즐거움

헨리 데이비드 소로

나는 대부분의 시간을
혼자 있는 것이 더 유익하다고 생각한다
사람들과 같이 있는 것은,
심지어 최고의 사람들과 같이 있어도,
곧 피로하게 하고 낭비적이다.

나는 혼자 있는 것을 좋아한다.
나는 고독만큼 사귈만한 동료는 찾지 못했다.
우리는 대개의 경우
방안에서 머무를 때보다
집에서 나와 사람들 사이에 있을 때
더 외롭다.
생각하거나 일하는 사람은
어디에 있든 늘 고독하다.
고독은 한 사람과 동료 사이에 있는
공간의 거리로는 측정되지 않는다.
하버드대학의 혼잡한 도서관에서
책에 파묻혀 있는 학생은
사막에 홀로 있는 탁발승보다 더 고독하다

고독은 自由다.
고독은 群衆 속에 갇히지 않고,
고독은 群衆의 술을 마시지도 않는다.

고독은 마침내 目的이다.
고독하지 않은 사람에게도
고독은 목적 밖의 목적이다.
목적 위의 목적이다.

김현승의 시 '고독한 이유' 중에서

산다는 것은 깊은 고독에 잠기는 것인가 봅니다. 때로는 홀로 있는 것보다 더 좋은 친구는 없지요. 고독 속에서 새로운 것이 싹틉니다. 사랑도 고독의 산물입니다. 사랑 없는 고독은 공허하고 고독 없는 사랑은 맹목적이지요.

진리에 대하여

벨포 경

우리가 최상의 진리라고 여기는 것은
절반의 진리에 불과하다.
어떤 진리에도 머물지 말라.
진리를 한여름밤을 보낼 천막으로 여기고
그곳에 집을 짓지 말라.
그 집이 당신의 무덤이 될 것이니.
진리에 회의를 느끼기 시작할 때,
진리에 반박하고 싶을 때
슬퍼하지 말고 오히려 감사하라.
그것은 침구를 거두어 떠나라는
신의 속삭임이니.

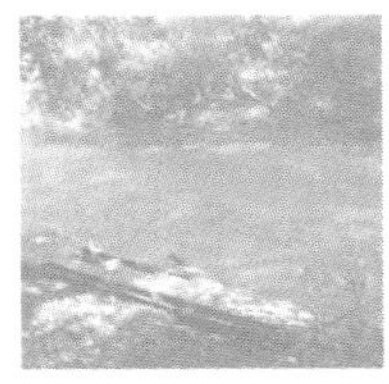

어떤 나그네가 긴 여행 끝에 강가에 이르렀습니다.
그는 나무로 뗏목을 엮어 무사히 강을 건넜습니다.
그는 강을 건네준 뗏목이 너무 소중해서
뗏목을 지고 여행을 계속했습니다.

불교 초기경전 '아함경' 중에서

진리가 나를 깨우쳐주었다고 그 진리를 영원히 간직한다면 우리는 그 짐에 눌려 힘들게 나아갈 수밖에 없을 겁니다. 노무현 대통령보다 토론을 잘 하는 비결 하나 알려드릴까요.

사물에는 항상 두 가지 면이 있습니다. 상대방은 강하게 어떤 면을 주장하면서 대화를 끌고 갈 것입니다. 그러면 그 반대되는 면을 부각시키며 나의 의도대로 이끄세요. 언제가 가능합니다. 상대방이 나의 생각을 공격하면 역시 반대되는 면도 있음을 인정하면서 나의 의도대로 이끄세요. 언제나 가능합니다. 진리란 고수하는 자에게는 짐이 되니까요.

내일은 또 다른 오늘일 뿐

지은이 모름

사람들이 계속 내일에 대해 얘기하기에
나는 그것이 무엇이냐고 물었다.
그들은 내게 말했다.
"내일이란 밤이 가고 새벽이 되면
오는 것이라오"
나는 설레는 마음으로 새로운 날을 기다리며
밤새 잠을 청했다.
그러나 다음날 깨어난 뒤 알게 되었다
내일이란 더 없다는 것을…
그것은 또 하나의 오늘이라는 것을

친구들이여
내일이라는 것은 없다오

소설 속에서는 마음에 큰 상처를 입은 사람들이 죽는 것으로 간단하게 끝나기도 한다. 하지만 진짜 인생에서는 모든 희망이 사라진 후에도 우리는 죽지 않는다. 먹고, 마시고, 입고, 걷고, 만나고, 사고, 팔고, 얘기하고, 책을 읽고, 생활이라는 바쁜 하루하루가 계속된다.

스토의 '톰 아저씨의 오두막' 중에서

'바람과 함께 사라지다'에서 스칼렛은 "내일은 내일의 해가 뜬다"(Tomorrow is another day)고 중얼거립니다. 스칼렛의 오늘과 내일은 무엇이 다를까요. 어제는 이미 지나갔고 내일은 아직 오지 않았습니다. 결국 우리는 늘 오늘에 사는 거지요.

젊음은 인생의 시기가 아니라 마음의 상태다. 젊음은 장밋빛 볼, 붉은 입술, 유연한 무릎의 문제가 아니라 의지, 탁월한 상상력, 활력에 찬 감정의 문제다. 젊음은 삶의 깊은 샘의 신선함이다.

-새뮤얼 얼만의 '청춘' 중에서

IV

삶이 그대를 속일지라도

열정이 있는 한 그대는 영원히 젊으리 - 청춘

새뮤얼 얼먼

젊음은 인생의 시기가 아니라 마음의 상태다. 젊음은 장밋빛 볼, 붉은 입술, 유연한 무릎의 문제가 아니라 의지, 탁월한 상상력, 활력에 찬 감정의 문제다. 젊음은 삶이란 깊은 샘의 신선함이다.

젊음이란 기질적으로 소심하기보다 용기가 넘치고, 안이함을 추구하기보다 모험의 욕구가 넘치는 것. 젊음은 스무 살의 청년보다 예순의 노인에게도 있는 법이다. 나이 먹는 것만으로 늙는 사람은 아무도 없다. 우리는 이상을 버림으로써 늙어간다.

세월은 피부를 주름지게 하지만 열정을 포기하면 정신에 주름이 생긴다. 걱정, 두려움, 자기 불신이 심장을 꺾고 정신을 흙으로 되돌린다.

예순이든 열여섯이든 인간의 가슴에는 저마다 경이로움에의 유혹, 미래에 대한 꺼지지 않는 순수한 욕망, 삶의 게임에 대한 즐거움이 있다. 당신과 나의 가슴 한 가운데에는 하나의 무선 전신국이 있으니, 그것이 사람들로부터 신으로부터 아름다움, 희망, 활기, 용기, 힘의 메시지를 수신하는 한, 당신은 영원히 젊으리라.

안테나가 내려지고, 당신의 정신이 냉소의 눈과 염세의 얼음으로 뒤덮이면, 당신이 스무 살이라 할지라도 늙었다 할 것이나, 당신의 안테나가 솟아올라 낙관의 전파를 붙잡는다면 당신이 여든이라 할지라도 젊은 상태로 죽을 수 있으리라.

청춘! 이는 듣기만 하여도 가슴이 설레는 말이다. 청춘! 너의 두 손을 가슴에 대고, 물방아 같은 심장의 고동을 들어 보라. 청춘의 피는 끓는다. 끓는 피에 뛰노는 심장은 거선의 기관과 같이 힘이 있다. 이것이다. 인류의 역사를 꾸며 내려온 동력은 바로 이것이다. 이성은 투명하되 얼음과 같으며, 지혜는 날카로우나 갑 속에 든 칼이다. 청춘의 끓는 피가 아니더면, 인간이 얼마나 쓸쓸하랴? 얼음에 싸인 만물은 죽음이 있을 뿐이다.

보라, 청춘을! 그들의 몸이 얼마나 튼튼하며, 그들의 피부가 얼마나 생생하며, 그들의 눈에 무엇이 타오르고 있는가? 우리 눈이 그것을 보는 때에 우리의 귀는 생의 찬미를 듣는다. 그것은 웅대한 관현악이며, 미묘한 교향악이다. 뼈끝에 스며들어가는 열락의 소리다.

이것은 피어나기 전인 유소년(幼少年)에게서 구하지 못할 바이며, 시들어 가는 노년에게서 구하지 못할 바이며, 오직 우리 청춘에서만 구할 수 있는 것이다.

청춘은 인생의 황금 시대다. 우리는 이 황금 시대의 가치를 충분히 발휘하기 위하여, 이 황금 시대를 영원히 붙잡아 두기 위하여, 힘차게 노래하며 힘차게 약동하자!

민태원의 '청춘예찬' 중에서

젊음이란 육체의 나이가 아니라 마음의 상태에 있다고 노래하는 새뮤얼 얼먼의 산문시는 디어 애비(Dear Abby)와 앤 랜더즈(Ann Landers) 칼럼에 자주 인용돼 널리 알려졌습니다. 그러나 민태원은 인생을 유소년, 청춘, 노년으로 구분하면서 청춘을 예찬합니다. 청춘의 황금시대를 영원히 붙잡아 두기 위해 힘차게 약동하자고 호소합니다. 청춘을 영원히 붙잡아 둔다면 여든이라 할지라도 젊은 상태로 죽을 수 있겠지요.

인생을 다시 산다면

나딘 스테어

인생을 다시 살 수 있다면
다음에는 더 많은 실수를 저지르리라.
긴장을 풀고 몸을 부드럽게 하리라.
지금의 인생보다 더 우둔해지리라.
가능한 모든 일을 심각하게 생각하지 않으리라.
더 많은 기회를 붙잡으리라.
여행을 더 많이 다니고 석양을 더 자주 구경하리라.
산에도 더 자주 가고 강에서 수영도 더 많이 하리라.
아이스크림은 많이 먹되 콩 요리는 덜 먹으리라.
실제적인 고통은 많이 겪을 것이지만
공상적인 고통은 가능한 피하리라.
나는 시간시간을, 하루하루를
의미 있고 분별 있게 살아가는 사람이 되리라.
나는 수많은 순간들을 겪었으나 인생을 다시 시작한다면
그런 순간들을 더 많이 겪으리라.
오랜 세월을 앞에 두고 하루하루를 살아가는 대신
순간만을 맞으며 살아가리라.
나는 지금까지 체온계, 보온물병, 레인코트, 우산이 없이는
어느 곳에도 갈 수 없는 사람들 중의 한 명이었다.
이제 인생을 다시 살 수 있다면
짐을 더욱 간편하게 꾸리고 여행길에 나서리라.
내가 인생을 다시 시작한다면
초봄에서 늦가을까지 신발을 벗어 던지고 맨발로 지내리라.
춤추는 파티장에도 자주 나가리라.
회전목마도 자주 타리라.
데이지 꽃도 더 많이 꺾으리라.

나이 든 늙은 사람들이나 불치의 병에 걸려 생의 마감을 앞 둔 사람들과 인터뷰를 해 보면 그들은 삶에서 자신들이 행한 어떤 일에 대해 후회하기보다는 그들이 마음만 먹고 해 보지 못했던 어떤 것에 대해 더 많이 후회하고 있음을 알 수 있다. '인생을 다시 산다면'은 한 노인에 의해 쓰여져 미국 전역의 가정마다 필사본으로 걸렸던 유명한 작품이다.

잭 캔필트, 마크 빅터 한센의 '내 영혼의 닭고기 수프' (도서출판 푸른숲) 중에서

우리는 지금까지 실수하지 않으려고 안달하지 않았는가. 똑똑해지려고만 노력하지 않았는가. 돈을 좇아 일만 하지는 않았는가. 인생에서 승리하려고만 하지 않았는가. 일이 바빠 친구와의 모임에 빠지는 경우가 많지는 않았는가. 왜 우리는 지금까지 매사를 심각하게 생각했으며 사소한 일에도 분노했는가. 실수를 하고 본래의 우둔한 상태로 지내고 일의 즐거움을 추구하고 여행도 자주 가고 파티장에도 자주 가는 일에 등한시 했는가.

찬란한 문화가 여유의 산물이라면, 비어있어야 채울 수 있다면 안달할 일이 무엇인가. 내 몸의 긴장을 푸는 일이 모든 일의 시작이다. 건강 백세를 위해 콩만 먹으면 인생은 얼마나 삭막한가. 공원에서 애인과 아이스크림을 하나씩 들고 거닐고 싶다. 걸으면서 군것질하는 것이 우리가 살아가는 목적의 하나는 아닐까.

내가 나이 먹으면

드류 레더

내가 나이 먹으면 넥타이를 던져 버릴 것이다.

양복도 벗어 던지고,

아침 여섯 시에 맞춰 놓은 시계도 꺼 버릴 것이다.

아첨할 일도, 먹여 살릴 가족도, 화낼 일도 없을 것이다.

더 이상 그런 일은 없을 것이다.

내가 나이 먹으면 들판으로 나갈 것이다.

목적지도 정해놓지 않고 여기저기 돌아다닐 것이다.

물가의 강아지풀도 만져 보고

납작한 돌로 물수제비도 떠 볼 것이다.

소금쟁이들을 놀라게 하면서.

해질 무렵에는 서쪽으로 갈 것이다.

노을이 내 딱딱해진 가슴을

수천 개의 반짝이는 조각들로 만드는 것을 느끼면서.

넘어지기도 하고

제비꽃들과 함께 웃기도 할 것이다.

귀 기울여 들어주는 산들에게

내 노래를 불러 줄 것이다.

하지만 지금부터 조금씩 연습해야 할지도 모른다.

내가 늙어서 넥타이를 벗어 던졌을 때

나를 아는 사람들이 놀라지 않도록.

잃어버린 자신을 찾으려면 어떻게 해야 할까. 시인처럼 넥타이도, 자명종도 던져버리고 들판으로, 산으로, 강으로 가면 될까. 왜 시인은 늙었을 때 그러겠다고 할까. 지금 당장 그러면 안 될까. 가족 때문에, 주변 사람 때문에? 시인은 은퇴 후의 생활을 그리고 있다.

나딘 스테어는 인생을 다시 산다면 새로운 인생을 살겠다며 아쉬움에 젖어 있지만 드류 레더는 이제부터 새 출발을 하겠다고 다짐한다. 가정법은 인생을 지체시킬 뿐이다. 지금 당장 바꾸지 않으면 영원히 바뀌지 않을지 모른다. 무슨 일이든 어느 정도 연습이 필요하다. 지금부터라도 조금씩 연습해보는 것은 어떨까. 잃어버린 나 자신을 찾기 위해.

내가 알았더라면

킴벌리 커버거

지금 알고 있는 것을 그때도 알았더라면

내 마음이 말하는 것에 더 주의깊게 귀 기울였으리라.

더 즐기고 덜 걱정했으리라.

학교를 금방 졸업하고 일을 해야 된다는 사실을 알았으되

그런 것은 마음에도 두지 않았으리라.

다른 사람이 어떻게 생각하는 지에 대해서는 그다지 걱정하지 않았으리라.

내가 생명력과 탄력 있는 피부를 가졌음을 감사했으리라.

더 많이 놀고 덜 안달했으리라.

나의 아름다움은 나의 인생을 사랑하는 데 있다는 것을 깨달았으리라.

부모님이 나를 얼마나 사랑하는지를 알았으리라.

또 나에게 최선을 다하고 있다는 것도 알았으리라.

사랑에 빠져 있다는 느낌을 즐기고 그것이 어떻게 될 것인지는

그다지 걱정하지 않았으리라

설령 잘못된다 하더라도 더 좋은 일이 생길 것이라고 믿었으리라.

어린아이처럼 행동하는 것을 두려워하지 않았으리라.

더 용감해졌으리라.

모든 사람에게서 좋은 점을 찾아내 그들과 함께 즐거워했으리라.

인기가 있는 사람이라 하여 매달리지는 않았으리라.

춤추는 것을 배웠으리라.

있는 그대로의 내 몸을 향유했으리라.

여자 친구들을 신뢰했으리라.

나도 신뢰할만한 여자친구가 됐으리라.

(나는 남자 친구를 신뢰하지는 않았으리라.—농담입니다)

키스를 즐겼으리라. 진실로 즐겼으리라.

더 많이 감사하고 감사했으리라.

지금 알고 있는 것을 그때도 알았더라면.

류시화의 시집 '지금 내가 알고 있는 것을 그때도 알았더라면'에 실려 국내 독자
들에게 널리 알려진 시입니다.

'사랑에 빠져 있다는 느낌을 즐기고 그것이 어떻게 될 것인지는 그다지 걱정하지
않았으리라.' 인생의 요체를 한마디로 요약한 것 같습니다. 남이 생각하는 것 혹
은 세상의 정해진 가르침에 얽매이지 않고 고난마저 즐기며 나아가는 인생은, 그
래서 남들에게도 즐거움을 주는 인생은 실로 아름답습니다.

'인생을 다시 살 수 있다면', '내가 나이 먹으면', '내가 알았더라면' 이상 세 편
의 시에는 살아온 인생에 대한 후회, 앞으로 살아갈 인생에 대한 각오가 담겨 있
습니다. 당신은 어떤 선택을 하시겠습니까.

너무 겸손하면 존중하지 않을 것이다

코막 (9세기 아일렌드 왕)

너무 똑똑하지도, 너무 어리석지도 말라.
너무 나서지도, 너무 물러서지도 말라.
너무 거만하지도, 너무 겸손하지도 말라.
너무 떠들지도, 너무 침묵하지도 말라.
너무 강하지도, 너무 약하지도 말라.

너무 똑똑하면 사람들은 너무 많은 것을 기대할 것이요,
너무 어리석으면 사람들은 속이려들 것이다.
너무 거만하면 까다로운 사람으로 생각할 것이요,
너무 겸손하면 존중하지 않을 것이다.
너무 말이 많으면 말에 무게가 없을 것이요,
너무 침묵하면 아무도 관심을 가지지 않을 것이다.
너무 강하면 부러질 것이요,
너무 약하면 부서질 것이다.

우리는 똑똑한 사람으로 보이길 원합니다.

똑똑한 척하다 힘든 일을 맡은 경우는 없었나요.

진짜 똑똑한 사람은 뒤에서 구경합니다.

우리는 겸손한 사람이 예의 바른 사람이라고 생각해왔습니다.

겸손해서 무시당한 적은 없었나요.

나쁜 사람은 상대의 겸손함을 악용합니다.

우리는 침묵이 금이라고 배웠습니다.

침묵 때문에 상대방이 떠난 적은 없었나요.

상대방은 즐거운 대화를 원합니다.

사람들은 강한 사람이 되라고 합니다

너무 강해서 주변 사람이 떠난 적은 없었나요.

강한 사람도 약한 사람도 좋은 친구가 되기는 힘듭니다.

세상에는 두 부류의 사람만이 있다

엘라 휠러 윌콕스

오늘날 세상에는 두 부류의 사람이 있다.
두 부류의 사람 외에 더는 없다.

죄인과 성자는 아니다.
잘 알고 있듯이 좋은 사람에게도 나쁜 점이,
나쁜 사람에게도 착한 점이 있으니까.

부자와 가난뱅이도 아니다. 재산을 평가하려면
양심과 건강 상태부터 알아야 하니까.

겸손한 사람과 거만한 사람도 아니다. 짧은 인생에서
거만하게 사는 사람을 어찌 사람으로 여기겠는가.

행복한 사람과 불행한 사람도 아니다. 유수처럼 흐르는 세월을 살아가며
웃을 때도, 눈물을 흘릴 때도 있지 않는가.

내가 말하는 이 세상 사람의 두 부류란
짐을 덜어주는 사람과 짐을 지우는 사람이다.

그대는 어딜 가든 알게 될 것이다, 세상 사람들은
언제나 이 두 부류로 나눠진다는 것을.

그러나 안타까운 일이지만
짐을 지우는 사람이 스물이라면
짐을 덜어주는 사람은 한 사람뿐.

그대는 어느 쪽인가?
무거운 짐을 지고
힘들게 걸어가는 이의 짐을 덜어주는 사람인가?

아니면 짐을 지우는 사람인가?
남에게 그대의 몫을 지우고
걱정을 끼치는 사람은 아닌가?

수고하고 무거운 짐 진 자들아 다 내게로 오라,

내가 너희를 쉬게 하리라.

나는 마음이 온유하고 겸손하니

나의 멍에를 메고 내게 배우라.

그러면 너희 마음이 쉼을 얻으리니.

이는 내 멍에는 쉽고 내 짐은 가벼움이라.

마태복음 11:28~30

예수님은 사람들에게 멍에를 지우셨습니다. 그 멍에는 온유하고 겸손한 마음입니다. 그 멍에를 지면 짐이 한결 가벼워집니다. '수고하고 무거운 짐 진 자'는 육체의 생명을 유지하기 위해 수고해야 하며, 영적으로는 죄와 죽음의 짐을 지고 고달픈 삶을 살아가는 존재를 말합니다. 예수님께서는 모든 인간을 구원과 안식으로 초대하시지만 '지혜롭고 슬기 있는 자들'을 초대하는 것은 아닙니다. 그들은 어쩌면 고달픈 존재에게 '무거운 짐'을 지우고 있는지 모릅니다. 지혜와 슬기로 자신들만 구원과 안식을 받고 있는지 모릅니다.

싸우게 되면 너를 경계하도록 만들어라

윌리엄 셰익스피어

너의 생각을 함부로 발설하지 말 것이며,
섣부른 생각을 행동으로 옮기지도 말라.
사람들과 친하다고 해서 결코 버릇없이 굴어서는 안 된다;
친구들을 사귀되 그들을 제대로 선택했는지 시험해보고,
그들을 강철 사슬로 묶어서 너의 영혼으로까지 끌어들여라.
싸움에 휘말리는 것을 경계하되 만약 연루되거든,
상대가 너를 경계하도록 만들어라.
누구의 말이든 귀를 기울이되 너는 함부로 입을 열지 말라;
다른 사람의 비판은 받아들이되 너의 판단은 유보하라.
지갑이 허락하는 만큼 비싼 옷을 사되,
사치스럽게 보여선 안 된다;
화려하게 보이되 야하게 보여서는 안 된다는 말이다;
의복은 사람됨을 나타내기 때문이다.
돈은 빌리지도 빌려주지도 마라;
돈을 빌려주면 돈과 친구 모두 잃는 경우가 많은 법이다,
그리고 돈을 빌려주면 검약하는 마음이 무디게 된다.
이 모든 것에 앞서 너 자신에게 진실하라.
그래야 다른 사람에게 거짓됨이 없을 것이니.

햄릿 1막 3장

자신의 생각에 빠진 사람은 남을 빠뜨릴 수 없습니다.

상대방의 시각이 아니기 때문입니다.

자신의 지식에 빠진 사람은 남을 유혹할 수 없습니다.

자랑할 때 사람들은 도망가고

알면서도 겸손할 때 상대방이 끌려온다는 것은

자연의 이치이기 때문입니다.

자신의 재주에 빠진 사람은 남을 쓰러뜨릴 수 없습니다.

정말 잘 웃기는 사람은 자신은 웃지 않고

웃기는 사람이기 때문입니다.

송치복의 '생각의 축지법'에서

플로니우스가 파리로 공부하러 가는 아들 라에르테스에게 세상살이의 교훈과 처
세술을 일러줍니다.

친구에게든 적에게든 처세술의 기본은 나를 드러내지 않고 남을 알아내는 것입
니다. 남을 알아야 남을 빠뜨릴 수 있지요. '누구의 말이든 귀를 기울이되 너는 함
부로 입을 열지 말라.'

또 강한 자에게는 약하고 약한 자에게는 강한 것이 일반적인 심리입니다. 우리는
깡패를 피합니다. 그들이 힘이 세기 때문에 피하는 것이 아니라 그들이 물불을 가
리지 않기 때문입니다. 만약 피할 수 없는 싸움이라면 그냥 당하기보다 깡패가 되
어보는 것도 하나의 전략이 될 수 있을 겁니다. '싸움에 휘말리는 것을 경계하되
만약 연루되거든, 상대가 너를 경계하도록 만들어라.'

너는 뭐가 될래?

데니스 리

사람들은 늘 내게 물어요
"너는 뭐가 될래?
의사, 댄서, 잠수부?"

사람들은 늘 나를 괴롭혀요
"너는 뭐가 될래?"
마치 내가 나 아닌 것이 되기를 바라듯이

나는 크면 재채기가 될 거예요
그래서 나를 괴롭힌 사람들에게 병균을 뿌릴 거예요

나는 크면 두꺼비가 될 거예요
그래서 길가에서 바보 같은 질문을 마구 던질 거예요

나는 크면 어린이가 될 거예요
하루 종일 놀면서 어른들의 분통을 터뜨릴 거예요.

발걸음을 멈추어
살그머니 앳된 손을 잡으며
"너는 자라 무엇이 되려니?"
"사람이 되지."
아우의 설운, 진정코 설운 대답이다.

윤동주의 시 '아우의 인상화' 중에서

일본의 식민지로 살던 시절에는 사람다운 사람 대접을 받는 것이 희망이었겠지요. 지금이라고 다를까요. 우리 아이가 부모라는 식민지 밑에서 살아서는 안 되겠지요. 부모의 역할은 아이의 여러 가지 가능성을 확인하고 열어주는 것입니다. "사람이 되지" "어린이가 되지", 당연한 대답 속에 우리가 갈구하는 것이 있는 것 같습니다.

그대의 아이는 그대의 아이가 아니다

칼릴 지브란

그대의 아이는 그대의 아이가 아니다.
아이들은 스스로를 갈망하는 삶의 딸이요, 아들이다.
아이들은 그대를 거쳐 오지만 그대들로부터 오는 것은 아니다.
아이들이 그대와 함께 있을지라도
그대에게 속하는 것은 아니다.
그대는 아이들에게 사랑을 베풀 수 있으나 생각까지 줄 수는 없다.
아이들도 자신의 생각을 가지고 있으므로.
그대는 아이들에게 육신의 집을 줄 수 있으나
영혼의 집까지 줄 수는 없다.
아이들의 영혼은 그대가 꿈속에서도 들를 수 없는
내일의 집에 거처하고 있으므로.
그대는 아이들처럼 되려고 애쓸 수 있으나
아이들이 그대처럼 되도록 강요하지 말라.
삶은 결코 뒤로 가지도, 어제에 머무르지도 않는다.
그대는 활, 아이들은 그 활에서 날아가는 살아 있는 화살들.
활 쏘는 자는 무한의 길 위에 놓인 과녁을 겨냥해
화살이 더 빠르고 더 멀리 날아갈 수 있도록 온 힘을 다해
그대를 구부린다.
활 쏘는 이의 손에 그대가 구부러짐을 기뻐하라.
그 분은 날아가는 화살을 사랑하시는 만큼
흔들리지 않는 활도 사랑하신다.

배우는 것은 발견하는 것이다, 당신이 이미 알고 있는 것을.

행하는 것은 보여주는 것이다, 당신이 그것을 알고 있다는 것을.

가르치는 것은 다른 사람들에게 상기시키는 것이다,

그들도 당신만큼 잘 알고 있다는 것을.

당신들은 모두 배우는 자들이오, 행하는 자들이오, 가르치는 자들이다.

리처드 바크의 '환영'에서

'그대는 아이들처럼 되려고 애쓸 수 있으나 아이들이 그대처럼 되도록 강요하지 말라'라는 대목에서 워즈워드의 무지개에 나오는 '아이들은 어른의 아버지'라는 구절이 생각납니다. 창의성 교육, 아이들의 소질 개발 등에도 생각이 미칩니다. 아이들은 자신의 소질이 무엇인지 천재성을 띤 아이들을 제외하고는 잘 모릅니다. 대다수 아이들은 특별한 재주를 가지고 태어난다기보다 보통의 재주를 골고루 가지고 태어나는 경우가 일반적이라고 말할 수 있습니다. 오히려 성장하면서 주변 환경의 영향으로 어느 한두 가지가 개발된다고 보는 것이 옳습니다. 물론 아이들이 관심을 보이는 범주는 있을 것입니다. 그 범주에서 또 자신의 길을 정해야 합니다. 어떤 부모는 아이들에게 다양한 과외를 통해 그 길을 찾으려고도 합니다. 부모는 누구보다 가까이서 아이에게 영향을 줍니다. 그러나 가르치는 것은 아이들에게 상기시키는 것입니다. 아이들도 당신만큼 잘 알고 있다는 것을.

저를 부자로 만들어 주소서

D. H. 로렌스

전능하신 재신(財神)님,
저를 부자로 만들어주소서!
저를 빨리 부자로 만들어 주시고
제가 뻗어나가는 데
장애를 없도록 하소서!
저를 방해하는 자
시궁창에 쳐 넣으소서!
위대한 개새끼 재신님이여!

내가 없어도 되는 사업. 주인은 나지만, 사업체는 다른 사람들이 운영하거나 관리한다. 내가 거기서 일해야만 한다면, 그것은 사업이 아니다. 그것은 내 직업이 된다. 시간을 갖고 투자를 해서 자기 사업을 구축하면, 이제는 그 요술 방망이를 사용할 수 있게 된다. 이것이 부자들이 갖고 있는 최대의 비밀이다. 부자들을 점점 더 부자로 만드는 비밀이다. 시간을 갖고 부지런히 자기 사업을 한 결과 찾아오는 보상이다.

로버트 기요사키의 '부자 아빠, 가난한 아빠' 중에서

'채털리부인의 사랑'을 쓴 로렌스는 돈이 신이 되어버린 세상을 비꼽니다.
예술이나 문화라는 것은 엄격히 말해 돈과 시간을 전제로 합니다. 기왕이면 시간과 금전에서 모두 자유로운 것이 가장 이상적이겠지요. 내가 없어도 사업이 영위된다면, 그래서 많은 돈을 벌 수 있게 된다면 시간과 금전에서 자유로워질 수 있겠지요. 기요사키는 '부자아빠, 가난한 아빠'에서 사람이 돈을 버는 것이 아니라 돈이 돈을 벌도록 해야 한다고 주장합니다. 노동에서 자유로워진 사람이 있으면 노동에 매여야 하는 사람도 있습니다. 없는 사람 입장에서는 '위대한 개새끼 재신님!'이란 욕이 나올 수도 있지요.

삶이 그대를 속일지라도

알렉산데르 푸슈킨

삶이 때로 그대를 속일지라도
슬퍼하거나 노여워하지 말라.
우울한 날에는 참고 견뎌라.
즐거운 날 오리니, 슬퍼하지 말라.

마음은 미래에 산다, 그러니
현재 슬프다 한들 어떠리.
모든 것은 덧없이 사라지나니
가 버린 것 다시 그리워지리라.

미래에 일어날 일을 하느님이 바꿔놓을 수 있을지 몰라도 지나가 버린 과거는 아무도 바꿀 수 없습니다. 우리들은 고작 과거를 모른 체하거나 그 위에 베일을 씌워놓는 일밖에 할 수 없지요.

알렉상드르 뒤마 '몽테크리스토 백작' 중에서

오늘 잘못을 하면 내일은 부끄러운 과거를 갖게 됩니다. 그리운 과거를 가지려면 오늘 노여워해서는 안 될 것입니다.

우리는 순간순간을 즐겁게 살아야 합니다. 과거는 지나갔고 미래는 오지 않았기 때문이지요. 오늘 우울하면 '즐거운 내일'을 오늘로 가져와 보세요. 그러면 오늘 행복해집니다. 진짜 불행한 사람은 오늘 우울한 사람이 아니라 미래에 대한 꿈이 없는 사람입니다. 오늘을 위해 사는 사람은 미래를 꿈꿉니다. 내일은 또 다른 오늘이 됩니다. 행복한 오늘을 영원히 간직하세요. 그것이 바로 우리가 살아가는 목적입니다.

인생이란 지나가는 그림자에 불과한 것,
자신의 차례가 오면 무대 위에서 뽐내고 안달하지만
그 다음엔 목소리조차 사라지는
가련한 배우에 불과한 것.
인생은 백치가 들려주는 이야기,
요란한 소리와 분노로 가득 찼지만
아무런 의미도 없다.

셰익스피어의 '맥베스' 중에서

윌리엄 셰익스피어

내일, 또 내일, 또 내일이
주어진 시간의 마지막 순간까지 하루하루
종종 걸음으로 살금살금 다가가고,
지나간 날들은 어리석은 자들을 위해
티끌 같은 죽음으로 가는 길을 비추어 왔구나.
꺼져라, 꺼져라, 짧은 촛불이여!
인생이란 지나가는 그림자에 불과한 것,
자신의 차례가 오면 무대 위에서 뽐내고 안달하지만
그 다음엔 목소리조차 사라지는
가련한 배우에 불과한 것.
인생은 백치가 들려주는 이야기,
요란한 소리와 분노로 가득 찼지만
아무런 의미도 없다.

느티나무 궤짝은 목수가 꾸며 놓을 때 아무런 불평도 없었던 것과 같이 부서질 때도 아무런 불평을 말하지 아니한다. 사람이 있어 네가 내일, 길어도 모레는 죽으리라고 명언한다 할지라도 네게는 내일 죽으나 모레 죽으나 별 다름이 없을 것이다. 따라서 너는 내일 죽지 아니하고 1년 후 2년 후 또는 10년 후에 죽는 것을 다행한 일이라고 생각지 않도록 힘쓰라.

'이양하 수필선'의 '페이터의 산문' 중에서

부인이 죽었다는 소식을 듣고 맥베드가 인생의 허무함을 독백으로 외칩니다. 인생의 요란한 소리와 노여움에는 아무런 의미가 없다고. 크리스티나 로제티도 "마지막 잠은 불행과 고뇌가 끝나는 일이요, 다툼과 두려움이 사라지는 일"이라 노래합니다.

우리는 왜 태어났을까요? 개인의 일생은 역사의 거대한 움직임, 우주의 무한함과 대비할 때 진정한 존재의 의미를 지니고 있지 않다는 결론에 도달할 수밖에 없습니다. 또 인간은 이 세상에서 짧은 순간 동안 자신의 사회와 종족, 우주에 주어진 몫을 이행한 다음 생명의 등불을 꺼뜨리지 않은 채 남들에게 넘겨줍니다. 그러면 인간의 작은 과제는 완료되고 결국은 죽어서 잊혀집니다. 오래 사는 것이 무슨 의미가 있을까요? 잘 사는 것의 목표는 무엇일까요? 죽어서 잊혀지기 위한 것인가요?

사느냐 죽느냐 그것이 문제로다 – '햄릿' 중에서

윌리엄 셰익스피어

사느냐 죽느냐, 그것이 문제로다.

잔인한 운명의 돌팔매와 화살을

마음속으로 참는 것이 옳은가,

아니면 거친 파도처럼 몰려오는 재앙과 무기를 들고 싸워

물리치는 것이 옳은가.

죽는 것은 그저 잠자는 것일 뿐.

만일 잠으로 육체가 상속받은

마음의 고통과 육체의 피치 못할 괴로움을

끝낼 수만 있다면, 죽음이야말로 우리가 열렬히

바라는 삶의 결말이로다. 죽음은 잠드는 것!

잠들면 꿈을 꾸겠지? 아, 이것이 문제야!

죽음이라는 잠에 빠져 육체의 굴레에서 벗어난다면

어떤 꿈들이 찾아올 것인지가 문제야.

이것이 우리를 주저하게 만들고, 또 이것 때문에

이 무참한 인생을 끝까지 살아가게 마련이다.

그렇지 않다면 그 누가 이 세상의 채찍과 비웃음,

폭군의 횡포, 세도가의 멸시,

좌절한 사랑의 고통, 엉터리 재판,

관리들의 오만방자함, 소인배가 덕망 있는 자를 모욕하는

이 비극을 누가 참아낸단 말인가.

그저 칼 한 자루로도 이 모든 것을 깨끗하게
끝장낼 수 있지 않은가 말이다.
이 무거운 짐을 지고
지루한 인생고에 신음하며 진땀을 빼려 하겠는가,
사후의 세계에 대한 두려움이 아니라면.
나그네 한번 가면 돌아올 수 없는
미지의 나라가 결심을 망설이게 한다.
알지도 못하는 저 세상으로 달아나느니
차라리 이대로 이 세상의 고통을 참고 견디게 마련이지.
이래서 미혹은 늘 우리를 겁쟁이로 만든다.
우리의 결심은 겉으로는 단호해 보이지만
사색의 창백한 그림자가 드리워져 있다.
하늘이라도 찌를 듯 웅대했던 큰 뜻도
잡념에 사로잡혀 마침내 방향을 잃고
실행과는 거리가 멀어지는 것.

'사느냐, 죽느냐'로 고뇌하는 햄릿에게 소크라테스가 사형 선고를 받은 후 재판관 앞에서 한 연설이 혹시 도움이 될지 모르겠습니다.

죽는다는 것은 둘 중 하나입니다. 죽는 사람이 완전히 소멸되어 아무 감각도 느끼지 못하게 되는 것이거나, 어떤 변화가 일어나 영혼이 한 곳에서 다른 곳으로 옮겨가는 것이겠지요. 그런데 만약 죽음이 감각을 상실하는 것이라면, 다시 말해 꿈 없는 잠이라면, 죽음은 참으로 멋진 상이 아닐 수 없습니다. 어떤 사람이 아무 꿈도 꾸지 않고 푹 자고난 밤을 골라, 그 밤을 자기 일생의 나머지 모든 밤낮과 비교해 본다고 칩시다. 그 사람에게 일생에서 이 하룻밤보다 더 멋지고 즐거운 밤을 몇 번이나 보내 보았는지 말해 보라고 한다면, 평범한 사람만이 아니라 위대한 왕마저도 다른 날과 비교해서 아주 편하게 보낸 밤이 몇 번이나 되는지는 금세 떠올리게 될 것입니다. 따라서 죽음이 이런 것이라면, 저는 감히 죽음은 상이라고 말하겠습니다. 내세라고 하는 것이 이렇게 편안한 하룻밤에 지나지 않을 테니 말입니다.

다른 한편, 죽음이 이승에서 저승으로 옮겨 가는 것이고, 죽은 사람들은 모두 그곳에 있다는 말이 사실이라면, 재판관 여러분, 그보다 더 큰 축복이 어디 있겠습니까? 사실은 재판관도 아니면서 재판관인 체하는 이들로부터 풀려나 저승에 도착하자마자 참된 재판관들을 만났다고 합시다. 그곳에서는 미노스와 라다만토스, 아이아코스와 트립톨레모스, 그밖에도 생전에 정의로웠던 반신들이 재판관 노릇을 한다지 않습니까? 그런 곳으로 가는 게 과연 슬픈 일일까요? 오르페우스와 무사이(Musai, 영어명으로는 뮤즈)들, 헤시오도스와 호메로스를 대면하게 된다는데, 무슨 대가인들 못 치르겠습니까? 이게 사실이라면, 정말이지 나는 몇 번이라도 기꺼이 죽겠습니다.

'소크라테스의 변명' 중에서

그는 잊었다, 싸늘한 무덤 속에서

칼 샌드버그

에이브러햄 링컨이 무덤 속에 묻힐 때 그는 잊었다
배신자들과 암살자를
흙 속에서, 싸늘한 무덤 속에서.

율리시즈 그랜트도
반대론자들과 월스트리트를 잊어버렸고
현금과 담보물은 재로 변했다
흙 속에서, 싸늘한 무덤 속에서.

포플라처럼 사랑스러운, 11월의 붉은 산사나무
아니면 5월의 포포나무 열매처럼 달콤한 포카혼타의 육체.
그녀는 경탄했을까? 그녀는 기억하고 있을까?
흙 속에서, 싸늘한 무덤 속에서.

옷과 식료품을 사는 사람들, 영웅을 환호하는 사람들,
색종이를 던지며 양철 나팔을 불어대는 사람들,
거리를 꽉 메운 모든 사람들아,
나에게 말하라, 연인들이 사랑에 실패했다면,
나에게 말하라, 그 연인들보다 더 감동적인 사연이 있다면,
흙 속에서, 싸늘한 무덤 속에서.

공사를 막론하고 싸움에 휩쓸려 들어갔을 때에는 때때로 그들의 분노와 격렬한 패기로 오늘까지 알려진 사람들—저 유명한 격노 및 그 동기—를 생각하고 고래의 큰 싸움의 성패를 생각하라. 그들은 지금 모두 어떻게 되었으며, 그들의 전진의 자취는 어떻게 되었는가! 그야말로 먼지요, 재요, 이야기요, 신화, 아니 어떡하면 그만도 못한 것이다. 일어나는 이런 일 저런 일을 중대시하여 혹은 몹시 다투고 혹은 몹시 화를 내던 네 신변의 사람들을 상기하여 보라. 그들은 과연 어디 있는가? 너는 이들과 같아지기를 원하는가?

'이양하 수필선'의 '페이터의 산문' 중에서

애이브러햄 링컨, 율리시즈 그랜트, 포카 혼타 이들은 모두 무덤 속에 있습니다. 모든 사람의 입에 오르내리던 인물들도 결국은 사라집니다. 후세 사람들이 그들을 추모한들 무덤 속에서는 들리지 않습니다. 야인시대, 무인시대의 영웅들은 왜 그토록 치열하게 싸웠던가요. 그들의 일들이 그토록 중요했던가요. 목숨 걸고 싸웠던 중대한 일들은 다 어떻게 됐는가요.

우리의 두개골과 허파도 안개로 돌아가리 –마지막 대답들

칼 샌드버그

내가 안개에 관한 한 편의 시를 썼더니
한 여인이 나에게 그것이 무엇을 뜻하는지 물었다.
그때까지만 해도 나는 안개의 아름다움만 생각했다.
진줏빛과 잿빛이 뒤섞여 휘돌며
저물녘에 불이 켜진 우중충한 오두막들을
색깔들로 어른거리는 신비스런 점들로 바꿔놓는 안개만을.

나는 대답했다
온 세상이 오래 전 한때 안개였고
언젠가는 모두 안개로 되돌아가리라고.
우리의 두개골과 허파는 뼈와 살이라기보다
오히려 물이라고
또 모든 시인은 티끌과 안개를 사랑하게 된다고,
모든 마지막 대답은
결국 티끌과 안개로 귀결될 것이므로.

그들이 나를 잊고
내 기억 속에서 그들이 없어진다 하더라도
이 순간 내가
친구들과 웃고 이야기한다는 것은
그 얼마나 즐거운 사실인가

두뇌가 기능을 멈추고
내 손이 썩어가는 때가 오더라도
이 순간 내가
마음 내키는 대로 글을 쓰고 있다는 것은
허무도 어찌하지 못할 사실이다

피천득의 '이 순간' 중에서

사랑과 영원을 노래하는 시인들이 결국 '티끌과 안개'를 노래하게 된다는 것은
너무 허무하지 않은가요. 그렇지만 이 순간 내가 생각하고 있다는 것은 허무도 어
찌하지 못할 사실이지요. 다만 그림자처럼 지나가는 사실이지요. 세월의 흐름에
묻힐 사실이지요. 결국엔 흔적도 남지 않는 사실이지요.

폐허만 남은 내 위업을 보라, 그리고 절망하라
—오지만디어즈

퍼시 비시 셸리

고대국가에서 온 한 나그네가 이렇게 말했다.

몸체 없는 두 거대한 돌 다리가

사막에 서 있다.

가까운 곳 모래 속에

부서진 두상이 반쯤 묻혀 있다.

그 일그러진 표정, 주름잡힌 입술,

차가운 명령에서 풍기는 냉소.

조각가가 그 격정들을 잘 포착했음을 말해주는구나.

생명 없는 물체에 찍힌 그것들은

자신들을 비웃은 손과 키워준 심장보다

더 오래 살아남아 있다.

받침대에는 이런 말이 새겨져 있다.

"나의 이름은 오지만디어즈, 왕 중의 왕.

너희 힘센 자들이여, 내 위업을 보라, 그리고 절망하라."

옆에 남아있는 것이라곤 아무 것도 없다.

폐허가 된 거대한 잔해 주변에는

외롭고 평평한 사막만이 끝없이 펼쳐져있구나

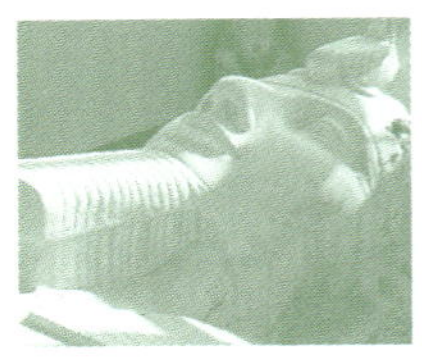

판테아노도 페르가무스도 벌써 그녀들의 임자의 분묘 옆에 앉아 있지 아니한 지 오래다. 하드리안의 묘지기도 이미 사라졌다. 아직까지 남아 있었다면 도리어 우스운 일일 것이다. 그들이 혹 아직 남아 있어 묘를 지킨다 한들 죽은 사람이 그것을 알고 기뻐하며, 또 그들이 영구히 지켜주는 것을 즐겨하랴? 그들도 결국은 늙고 병들어 이 세상을 떠날 때가 있을 것이다. 그러면 그때는 누가 있어 군왕의 분묘를 지킬 것인가? 이것이 무덤의 종말로 무덤에도 정명(定命)이 있는 것이다.

'이양하 수필선'의 '페이터의 산문' 중에서

군왕의 묘지기도 이미 사라졌습니다. 무덤조차 종말이 있습니다. 권력이 무상하듯 인생도, 사랑도 그러하겠지요.

오 ! 캡틴 나의 캡틴!

월트 휘트먼

아 선장이여, 나의 선장이여!

우리의 무서운 항해는 끝났습니다.

배는 온갖 난관을 헤쳐 나갔습니다.

이제 우리가 추구했던 바를 쟁취했습니다.

항구는 가까워지고 종소리와 사람들의 함성이 들려옵니다.

사람들은 웅장한 선체에 시선을 모읍니다.

그러나 아, 심장이여! 심장이여! 심장이여!

아, 뚝뚝 떨어지는 붉은 핏방울이여,

갑판 위에는 우리의 선장이

싸늘하게 죽어 누워있습니다.

아, 선장이여! 나의 선장이여! 일어나 저 종소리를 들으시오.

일어나시오, 깃발은 당신을 위해 펄럭이고

나팔은 당신을 위해 울리고 있습니다.

꽃다발과 리본으로 장식한 화환도 당신을 위한 것.

당신을 위해 해안에 모여든 많은 사람들,

그들은 당신의 이름을 부르고 있습니다.

동요하는 무리의 진지한 얼굴들,

자, 선장이여! 존경하는 아버지여!

내 팔을 당신의 머리 아래에 놓습니다!

이것은 꿈입니다!

당신이 싸늘하게 죽어 갑판 위에 누워있다니.

나의 선장은 대답도 없고 창백한 입술은 움직이지 않는구나.

아버지는 내 팔을 느끼지 못하고 맥박도 의지도 없구나.

배는 안전하게 닻을 내렸고 항해는 끝이 났습니다.

무서운 항해에서 승리의 배는 쟁취한 물건을 싣고 돌아왔습니다.

오, 환호하라, 해안이여! 오, 울려라, 종이여!

그러나 나는 슬픈 발걸음으로

우리의 선장이 싸늘하게 누워있는 갑판을 걷습니다.

여기서 선장은 바로 에이브러햄 링컨이고 승리는 남북전쟁의 승리고 배는 미국입니다. 자유와 인간 존엄의 거룩한 승리를 쟁취한 나의 선장님이 모든 사람들의 환호 속에 피 흘리고 홀로 죽어 있습니다.

영화 '죽은 시인의 사회'에서 키팅 선생님이 아이들과 처음 수업을 하는 장면에서 이런 말이 나옵니다. 아이들을 끌고 옛날 학생들의 사진이 걸려 있는 복도에 나가서 카르페 디엠(Carpe Diem: 현재를 즐겨라)을 가르쳐 주기 직전이지요.

"오, 선장님! 나의 선장님!" 이 구절이 어디서 나온 건지 아는 사람 없나? 전혀 모르겠나? 그건 에이브러햄 링컨에 대해 월트 휘트먼이 쓴 시에 나오지. 자, 자네들은 나를 키팅 선생님이라고 부르거나 기분 내키면 '오 선장님! 나의 선장님'이라고 부르도록 해."

나중에 학생들이 '죽은 시인의 사회'에 대해 묻기 위해 키팅 선생의 뒤에서 "키팅 선생님"이라고 불렀지만 키팅은 대답을 하지 않습니다. 그는 닐이 '오 선장님! 나의 선장님'이라고 불렀을 때야 뒤돌아봅니다.

닐은 부모님의 뜻을 거스르고 자신이 원하는 연극을 합니다. 하지만 닐은 부모님의 반대에 못이겨 연극이 끝나던 날 권총으로 자살을 합니다. 꿈이 없는 삶은 더 이상 사는 게 아니었던 거지요. 이 때문에 키팅은 학교를 떠납니다. 짐을 싸서 나가는 키팅을 향해 학생들은 책상 위에 올라서서 배웅합니다. 마음속으로 '오 마이 캡틴'을 외치면서. 학생들에게 의자에서 바라보는 시각과 책상 위에서 바라보는 시각은 확연히 다르겠지요. 그렇게 키팅은 학생들에게 세상을 달리 바라보는 법을 가르쳐준 뒤 홀연히 떠납니다.

무덤 사이를 거닐며

임옥당

무덤 사이를 거닐며
묘비글을 유심히 읽어 본다.
한두 구절에 불과하지만
잘 읽어보면 많은 이야기를 들을 수 있다.
죽은 자들이 걱정한 것,
투쟁한 것, 성취한 모든 것들이
결국 태어난 날과 죽은 날짜로 줄어들었다.
살아 있을 때는
지위와 재산이 그들을 갈라놓았지만
죽은 후에는 이곳에 나란히 누워 있다.
죽은 자들은 나의 참된 스승,
그들은 영원한 침묵으로 나를 가르친다.
죽음으로 더욱 뚜렷해진 그들의 존재가
내 마음을 차분하게 해준다.
내 생명도 어느 순간 홀연히 끝날 것이다.
죽음과 그토록 가깝다는 것을 깨닫는 순간
나의 인생이 자유로워짐을 느낀다.
남과 다투거나 그들을 비난할 필요가 있을까.

나는 가까웠던 사람의 죽음이
확실히 강력한 자극제가 된다고 생각한다.
왜냐하면 슬픔과 함께 자신의 죽음을 자각하게 되기 때문이다.
그리고 젊은이로서는 깨닫기 어려운
인생의 유한성을 깨닫고
무언가 일을 하려면 끊임없이 전진해야 함을
절감하기 때문이다.

존 소펠의 '토니 블레어' 중에서

토니 블레어는 "나이 50이 되는 것이 두렵다"고 말했습니다. 바로 그때 그는 자신의 생각이 옳음을 증명하기 위해 병사들을 전쟁터로 내 몰았습니다. 아무 것도 모르는 수 많은 아이들이 죽어갔습니다. 대량살상무기를 사용한 그는 이라크의 대량살상무기에 대해 비난했습니다. 유한성에 대한 자각과 끊임없는 전진에 대한 결심이 조화되려면 어떻게 해야 하나요. 우리는 누구나 죽음과 가까이 있는데, 구태여 전쟁터를 누비며 전진해야 하나요. 그것도 명령에 따라 움직이는 병사들을 내세워서.

행복한 파리

윌리엄 블레이크

작은 파리야
여름날 너의 놀이를
내 부주의한 손이
쓸어버렸구나.

인간인 나도
너와 같은 파리 아니겠는가.
너도 파리가 아니고
나 같은 인간이 아니겠는가.

나도 멋모른 채 춤추고
술 마시고 노래하지만
내가 너를 쓸어버렸듯이
어떤 눈먼 손길이
나의 날개를 쓸어버릴 터이니.

생각하는 것이 생명이고 힘이고 숨결이라면,
생각의 부재가 죽음이라면,
나는 한 마리 행복한 파리겠지.
내가 살아 있든, 죽어 있든.

인간은 결국 파리 목숨이군요. 춤추고 술 마시고 노래 부르는 것도 다 멋모르는 짓이군요. 인간이 파리와 다르다고 생각하는 것은 어쩌면 오만인지도 모르지요.

꿀벌 한 마리와 파리 한 마리를 유리병에 넣습니다, 그리고 병을 옆으로 누인 후, 병의 바닥을 상대적으로 밝은 창쪽으로 향하게 한 후 뚜껑을 열면 어떤 일이 일어 날까요? 어느 쪽이 밖으로 날아갈까요? 성실하게 일하는 꿀벌은 계속해서 병 바닥에서 출구를 찾다 곧 힘이 다해서 죽게 되지만 파리는 2분이 채 안돼 유리병 입으로 빠져나옵니다. 미국의 조직행동 분석가 칼 웨이크의 실험이었습니다.
밀실의 출구는 반드시 밝은 빛에 있다고 생각하는 꿀벌은 자신의 논리에 따라 필사적으로 병 바닥에 부딪치다 죽고말지만 사방으로 날아다니기만 한 파리는 투명한 병에서 빠져 나옵니다. 똑똑한 사람은 죽고 단순한 사람은 살아남는다는 놀라운 교훈입니다. 투명한 세계에 갇힌 우리에게 필요한 것은 임기응변의 지혜이지 교과서적 지식은 아닙니다. 즐거운 것만, 착한 것만, 아름다운 것만 바라보지 마세요.
투명 유리병에 머리를 부딪쳐 죽을 수도 있으니까요. 행복한 파리가 되세요.

죽어서 성장하지 않는 한 그대는 고달픈 길손

요한 볼프강 폰 괴테

현자에게 말하지 않는다면 침묵하라
세상 사람들은 바로 조롱할 것이니.
나는 찬미한다
진정으로 살아있는 것을,
몸을 태워 죽기를 갈망하는 것을.

당신을 낳고 당신이 낳았던
사랑을 나눈 숱한 밤들의 고요한 물결 속에서
말없이 타는 촛불을 바라보노라면
신비한 느낌이 당신을 엄습하리라.

이제 당신은 더 이상 어둠의 망상에 사로잡히지 않고
더 높은 성애의 욕망은 그대를 고양시킨다.

길이 멀다하여 당신이 머뭇거리지는 않으리.
그대 마술에 홀린 듯 날아 와서
마침내 미친 듯 빛에 이끌려
나비처럼 불꽃 속으로 사라진다.
죽어서 성장하는 것을 경험하지 않는 한
당신은 어두운 지상의 고달픈 길손일 뿐.

봄이라 노래하고 춤추고 웃으나

바람 부는 그 밤이 다시 오면은

눈물나는 그 날이 다시 오면은

허무한 그 밤의 시름 또 어찌하랴?

얻을 수 없나니, 참을 얻을 수 없나니

분 먹인 얇다란 종이 하나로.

온갖 추예(醜穢)를 가리운 이 시절에

진리의 빛을 볼 수 없나니

아, 돌아가자.

살과 혼

훈향내 높은 환상의 꿈터를 넘어서

거룩한 해골의 무리

말없이 걷는

칠흑의 하늘, 주토의 거리로 돌아가자.

박종화의 시 '사의 예찬' 중에서

번쩍거리는 진리는 장엄한 칠흑의 하늘, 경건한 주토의 거리에나 있는 것일까요. 우리가 발을 디디고 사는 이곳에서는 진리의 빛을 보는 것이 원천적으로 불가능할지도 모릅니다. 우리는 원천적인 이 세상 모순의 불편을 가리기 위해 편의상 시시각각 피리어드(.)를 찍으며 살고 있는지 모릅니다. '~가…다.'라는 명제를 자신 있게 말할 수 있는 사람은 백치 아니고는 없을 겁니다. 죽음의 세계에서는 인간의 허위를 용납하지 않습니다.

당신은 죽음을 가까이 둔 신비한 느낌, 이 세상 모순을 접고 싶은 야릇한 갈망에 빠진 적이 없나요. 그러나 이 세상 사람은 너나 할 것 없이 햄릿인지 모릅니다.

"죽음이라는 잠에 빠져 육체의 굴레에서 벗어난다면 어떤 꿈들이 찾아올 것인지가 문제야. 이것이 우리를 주저하게 만들고, 또 이것 때문에 이 무참한 인생을 끝까지 살아가게 마련이다."

애너벨 리

에드가 앨런 포우

아주 아주 오래 전
바닷가 한 왕국에
한 소녀가 살았어요.
애너벨 리라면, 당신도 알지 몰라요.
이 소녀는 날 사랑하고 내 사랑을 받는 것 외에
다른 생각은 하지 않은 채 살았어요.

바닷가 이 왕국에서
나도 어렸고 애너벨 리도 어렸지요.
하지만 사랑을 넘어선 사랑으로
우리는 사랑했지요.
하늘의 날개달린 천사들이
우리를 시샘할 만한 사랑이었지요.

바로 그것 때문에
오래 전, 바닷가 이 왕국에
구름으로부터 한 차례 바람이 불어닥쳐
아름다운 애너벨 리를
싸늘하게 만들어 버렸어요.

그러자 애너벨 리의 지체 높은 친척들이 와서
그녀를 내 곁에서 앗아가
바닷가 이 왕국의
무덤 속에 가둬 버렸어요.

천국에서 우리의 반만큼도 행복하지 못한 천사들이
그녀와 나를 시기한 것이지요.
그래요! … 바로 그것 때문이었죠
(바닷가 이 왕국에서는 누구나 다 알고 있지요)
밤에 구름 속에서 한 차례 바람이 불어와
나의 애너벨 리를 싸늘한 시체로 만든 것을.

하지만 우리의 사랑은 훨씬 더 강했답니다
우리보다 나이 많은 어른들의 사랑보다,
우리보다 현명한 많은 사람들의 사랑보다.
그래서 하늘의 천사들도
바다 밑의 악마들도
아름다운 애너벨 리의 영혼과
내 영혼은 떼놓을 수 없답니다.

달빛이 비칠 때마다 나는 꿈을 꾸어요,
아름다운 애너벨 리의 꿈을.
별들이 뜰 때마다 나는 느껴요,
애너벨 리의 빛나는 눈동자를.
그래서 나는 밤새도록
내 사랑, 내 사랑, 내 생명, 내 신부의
곁에 누워요, 바닷가 그녀의 무덤 옆에,
파도 철썩이는 그녀의 무덤 옆에.

어린 시절에 사랑하던 소녀가 죽고 난 뒤 오랜 세월이 지나도록 소녀의 무덤가를 떠나지 못하는 한 남자의 애절한 사랑 이야기입니다. 이 시는 포우가 죽기 몇 달 전에 썼으며 죽은 지 이틀 후에 신문에 발표되었다고 합니다.

포우는 26세 때 당시 13세에 불과했던 사촌 동생 버지니어 클렘과 결혼했는데 그녀는 포우가 죽기 3년 전인 1847년 1월에 24세로 폐결핵으로 죽고맙니다. 그 후 포우는 여러 여자와 약혼했다가 파혼하는 등 무절제한 생활을 했다고 합니다.

애너벨 리가 누구인지에 대해서는 의견이 분분합니다. 포우가 사랑했던 아내 버지니어라는 설이 지배적이지만 그 시의 영감의 주인공이라 주장한 여자들이 여러 명 있었다고 합니다. 애너벨 리라는 이름은 음악적 효과를 위해 사용되었다는 주장도 있습니다. 뇌종양으로 환각ㆍ환청ㆍ폐소공포증에 시달렸던 포우는 괴기적 공포에서 신비적 아름다움까지 넘나듭니다.

나 죽거든 사랑하는 이여

크리스티나 로제티

나 죽거든 사랑하는 이여
나를 위해 슬픈 노래는 부르지 마세요
머리맡에 장미꽃도 심지 마시고
그늘지는 사이프러스도 심지 마세요
소낙비와 이슬에 젖은
내 무덤 위 푸른 풀이 되어 주세요
당신이 원하신다면 나를 생각해 주세요
잊으시려거든 잊어 주세요

저는 나무 그늘도 보지 못할 거예요
비 내리는 것도 느끼지 못할 거예요
나이팅게일의 구슬픈 노래 소리도
듣지 못할 거예요
해가 뜨지도, 해가 지지도 않는
황혼 속에서 꿈을 꾸며
저는 당신을 기억할 지도 모르지요
어쩌면 잊을 지도 모르지요

무덤 저편에 있는 생활을 유일한 목적으로 하고 있는 인생,
혹은 개인적인 행복을 유일한 낙으로 하고 있는 인생은
악일 뿐더러 거짓투성이기도 하다.

톨스토이의 '인생독본' 중에서

성녀처럼 살았던 로제티는 죽은 뒤 자신의 모습을 그립니다. 살아있는 그가 그녀를 생각하는 것은 그의 의지(will)에 따른 것입니다. 죽은 그녀가 그를 생각하는 것은 가능성(may)에 불과합니다. 듣지도 보지도 못하는 영혼에게 장미꽃이 무슨 소용이며, 노래가 무슨 소용일까요. 차라리 그가 무덤 위의 푸른 풀이 되어주기를 원합니다. 영혼이 기억하든, 기억하지 못하든 같이 있을 수는 있으니까요.

톨스토이는 무덤 저편의 생활이 목적이 돼서는 안 된다고 말합니다. 다분히 내세와 윤회를 인정하지 않는 듯한 태도입니다. 그녀는 내생이 현생의 단절이 될지도 모른다는 것을 직감합니다. 그러나 '나 죽은 뒤'라는 시에서 죽은 그녀는 살아있는 그에 대한 연모의 정에 휩싸입니다.

나 죽은 뒤

크리스티나 로제티

커튼이 반쯤 걷히고

비질한 마루 위엔 등심초 뿌려졌고

문창살로 담쟁이 그늘이 기어듭니다.

내가 누운 침대 위엔 두텁게

사시나무 꽃이 깔려 있었습니다.

그는 내가 잠자고 있어 자신의 말을 못 듣는 줄 알았나 봅니다.

내가 듣는 줄도 모르고 몸을 구부리고 말했습니다.

"불쌍한 사람, 불쌍한 사람"

그가 돌아서자 깊은 침묵이 흘렀습니다.

나는 그가 울고 있다는 것을 알았습니다.

그는 내 수의나 얼굴 가린 천을 제치지도,

내 손을 잡아주지도 않았습니다.

생전에 그는 나를 사랑하지 않았지만

내가 이 세상을 떠나자 그는 나를 동정했습니다.

내가 이렇게 싸늘하게 식어 있지만

그가 내게 따뜻한 마음 품고 있는 것을 알게 됐으니

한없이 기쁩니다.

독실한 영국국교회(성공회) 신도였던 로제티는 약혼자가 가톨릭 신자라는 이유로 결혼하지 않았을 정도로 성녀 같은 삶을 살았습니다. 그토록 독실했던 그녀가 그린 '죽은 뒤' 자신의 모습에는 사람들이 말하는 천당은 없습니다.

죽어 있는 그녀(죽어서 살아 있는 그녀?)는 마치 잠자는 척 하면서 그의 모습을 훔쳐봅니다. 남자의 울음을 보았습니다. 그녀는 그런 그의 모습에 한없이 기뻐합니다. 살았을 때나 죽었을 때나 그녀에게 달라진 것은 없는 것 같군요. 이제 누군가의 문상을 갔을 때 그(녀)가 죽었다 하여 아무렇게나 행동하지 마세요. 그(녀)가 지켜보고 있을지도 모르니까요.

내 무덤가에 서서 울지 말아요

지은이 모름

내 무덤가에 서서 울지 마세요.

나는 그곳에는 없다오.

나는 잠자고 있지는 않아요.

나는 온 누리에 나부끼는 천 가닥의 바람.

나는 하얀 눈 위의 금강석 같은 반짝임.

나는 여문 곡식 위의 햇살.

나는 보드라운 가을 비.

당신이 고요한 아침에 깨어났을 때

나는 조용히 선회하는 새들의

솟구치는 움직임.

나는 밤에 반짝이는 다정스런 별들.

그러니 내 무덤가에 서서 울지 마세요.

나는 그곳에 없다오.

나는 죽지 않았거든요.

세상의 현상 가운데 윤회 아닌 것이 있을까요. 육도를 유전하며 받는 생도 윤회요, 사계절의 변화도 윤회요, 밤낮의 변화도 윤회입니다. 바람과 구름이 엉켜 비가 되고 빗물은 햇볕에 실려 수증기로 변했다가 다시 구름이 되고 비가 됩니다. 우리가 먹는 채소는 소화 작용을 거쳐 배설물이 되고 배설물은 거름이 되어 채소를 키웁니다. 이 역시 인연법에 따른 윤회입니다. 윤회는 에너지 불멸의 법칙으로 볼 수도 있습니다. 인간은 육도만 유전하는 것일까요. 이 시의 작자는 바람, 햇살, 가을 비, 새, 별로 윤회하는 군요. 인간도 자연의 일부분이니 이합집산하여 온갖 자연으로 돌아갈 수도 있겠다는 생각이 듭니다. 죽은 자(?)가 쓴 시라서 그런지 가슴 저리는 감동이 전해져 옵니다.

미국의 The Poetry Archives(http://www.emule.com)에서는 이 시를 Top Ten Poems의 하나로 올려놓았습니다. 이 시는 대개 '지은이 모름'(anonymous)으로 되어 있으나 아메리카 인디언 호피족의 기도문이라고 소개되기도 합니다. 9·11 테러 추모 사이트에서 이 시가 자주 인용돼 주목을 끌었습니다.

어떻게 하면 시인이 될 수 있죠?

이브 메리엄

나무에서 나뭇잎을 따서
그 모양을 자세히 살펴보세요.
가장자리 선, 안쪽의 금 하나하나
기억하세요,
잎이 가지에 매달려 있는 모습을.
(그리고 가지가 줄기에서 어떻게 휘어져 있는 지를)
4월에 잎은 어떻게 움트는지를,
6월에 어떻게 멋진 차림을 하는지를.
8월 막바지에는
손에 쥐고 비벼보세요.
잎사귀에 스민 여름 끝자락 슬픔의 냄새를
맡을 수 있을 거예요.
목질의 나뭇잎 줄기 부분을 씹어보고
가을날 가르랑거리는 소리도 들어보세요.
이파리가 11월의 하늘로
산산이 흩어지는 것을 지켜보세요.
그리고 겨울이 되어
나뭇잎이 하나도 남아 있지 않으면
나뭇잎 하나를 창조해 보세요.

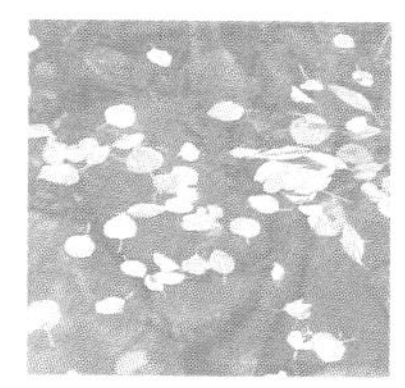

내 가진 것 시인이라는 이름밖엔 아무것도 없어도

내 하늘과 땅, 구름과 시내 가진 것만으로도 넉넉한 마음이 되어

혼자라도 여럿인 듯 부유한 마음으로

이 세상길 걸어가네

어쩌다 떨어지는 나뭇잎 발길에라도 스치면

그것만으로도 기쁨이라 여기며

냇물이 전하는 마음 알아들을 수 있으면

더없는 은총이라 생각하며

잠시라도 꽃의 마음, 나무의 마음에 가까이 가리라

나를 채찍질 하며

이기철의 '어쩌다 시인이 되어' 중에서

시인이 진짜 부자라는 생각을 한 적이 한 두 번이 아닙니다. 시인은 가진 것이 없다 할지라도 이 세상 모든 것을 속속들이 들여다보고 있기 때문입니다. 부자는 단지 수많은 짐을 떠안고 고민하는 사람인지도 모릅니다. 진짜 부자는 소유하는 자가 아니라 향유하는 자입니다. 미술관의 멋진 그림은 화가의 것일까요, 아니면 구입한 사람의 것일까요. 미술관에서 명작에 빠져있는 사람이 바로 그 그림을 소유한 사람이 아닐까요. 마음속에 간직한 것은 결코 사라지지 않습니다.

하늘의 무지개를 바라보면

윌리엄 워즈워드

하늘의 무지개를 바라보면
내 가슴 뛰누나.
어렸을 적에도 그러했고
어른인 지금도 그러하네.
나이가 들어도 그러하길.
아니면 죽어도 좋으리!
어린이는 어른의 아버지.
내 생활이 자연을 경애하는 마음으로
하루하루 이어지기를!

물 젖은 하늘에
거센 햇살의 프리즘 광선 굴절로
천연은 태고의 영광 그대로
영롱한 七彩의 극광으로
하늘과 하늘에 穹 한 다리가 놓여졌다.

무지개는 이윽고 사라졌다
아쉽게
인간의 영혼의 그리움이
행복을 손 모아 하늘에 비는 아쉬움처럼
사라진다 서서히…..

만사는 무지개가 섰다 사라지듯이
아름다운 공허였었다.

한하운의 시 '무지개' 중에서

어린 시절 대자연에 대한 정서적 감응력은 마음속에 간직되어 어른이 된 후에도 강렬하게 되살아납니다. 그런 의미에서 '어린이는 어른의 아버지다' 라는 구절은 강렬한 여운을 남깁니다. 워즈워드의 '자연을 경애하는 마음' 은 한하운의 '영혼의 그리움' 입니다. 워즈워드는 그 마음이 하루하루 이어지기를 기원합니다. 한하운은 영혼의 그리움이 아쉽게 사라질 것임을 예감합니다. 그러나 한하운의 기도는 하루하루 이어지겠지요. 사람의 한평생이란 끊겼다가 계속 이어지는 끝없는 기도와도 같다는 생각이 듭니다.

이니스프리의 호도

윌리엄 버틀러 예이츠

나 이제 일어나 가리, 이니스프리로 가리.
나뭇가지 엮고 진흙 발라 오두막 지으리.
아홉 이랑 콩밭 일구고 꿀벌 치면서
벌떼 잉잉대는 숲에서 홀로 지내리.

그곳에서 잠시나마 평화를 누리리.
평화는 천천히 깃들이는 것,
안개 피는 아침에서 귀뚜라미 우는 곳에 이르기까지.
한밤엔 온통 불빛이 가물거리고,
한낮엔 보랏빛으로 타오르고,
저녁엔 홍방울새 날갯짓 소리 가득하네.

나 이제 일어나 가리. 밤이나 낮이나
호숫가에 철썩이는 물결 소리 나지막이 들리네.
한길 위에 혹은 회색 포도(鋪道) 위에 서 있노라면
내 마음 깊은 곳에서 철썩이는 물결 소리 들리네.

어느 조그만 산골로 들어가
나는 이름 없는 여인이 되고 싶소.
초가 지붕에 박넝쿨 올리고
삼밭엔 오이랑 호박을 놓고
들장미로 울타리를 엮어
마당엔 하늘을 욕심껏 들여놓고
밤이면 실컷 별을 안고
부엉이가 우는 밤도 내사 외롭지 않겠소.

노천명의 '이름 없는 여인이 되어' 중에서

노천명 시인은 '이니스프리의 호도'에 영향을 받은 걸까요. 이니스프리의 호도와
어느 조그만 산골은 이미지가 너무나 흡사합니다. 윗가지-박넝쿨, 오두막-초가
지붕, 콩밭-오이·호박밭, 한밤의 별-별 안는 밤, 홍방울새-부엉이 등.

이니스프리는 예이츠의 고향인 아일랜드의 호수 속에 있는 작은 섬으로 시인이 어린 시절을 보낸 곳입니다. 예이츠가 시인으로서 전원생활을 꿈꾸었다면 헨리 데이비드 소로우는 '월든' 호숫가에서 실제로 자연을 벗 삼아 살다 갔습니다.

내가 숲 속으로 들어간 것은 인생을 의도적으로 살아보기 위해서였다. 다시 말해서 인생의 본질적인 사실들만 직면해 보려는 것이었으며, 인생이 가르치는 바를 내가 배울 수 있는지 알아보고자 했던 것이며, 그리하여 마침내 죽음을 맞이했을 때 내가 헛된 삶을 살았나 하고 깨닫는 일이 없도록 하기 위해서였다. 나는 삶이 아닌 것은 살지 않으려고 했다. 삶은 그처럼 소중한 것이다. 그리고 정말 불가피하게 되지 않는 한 체념의 철학을 따르기는 원치 않았다.
나는 인생을 깊게 살기를, 인생의 모든 골수를 빼먹기를 원했으며 강인하고 스파르타인처럼 살아 삶이 아닌 것은 모두 때려 엎기를 원했다. 수풀을 폭 넓게 잘라내고 잡초들을 베어내 인생을 구석으로 몰고 간 다음, 그것을 가장 기본적인 요소들로 압축시켜서 만약 인생이 빛난 것으로 드러나면 그 인생의 비천성의 적나라한 전부를 확인하여 있는 그대로 세상에 알리며 만약 인생이 숭고한 것이라면 그 숭고성을 스스로 체험하여 다음번의 여행 때 그에 대한 참다운 보고를 하기 원했던 것이다. 내가 보기에 대다수 사람들은 인생이 악마의 것인지 또는 신의 것인지 이상하게도 확신을 갖지 못하고 있으며, 사람이 사는 주요 목적은 '하느님을 찬미하고 하느님으로부터 영원한 기쁨을 얻는 것'이라고 다소 성급한 결론을 내리고 있는 것 같다.

헨리 데이비드 소로우의 '월든' (이레) 중에서

수선화

윌리엄 워즈워드

골짜기와 언덕 위를 높이 떠도는 구름처럼
외로이 헤매다가
문득 나는 보았네,
수많은 황금빛 수선화가
호숫가 나무 밑에서
미풍에 흔들리며 춤추는 것을.

은하수 위를 흐르며
반짝이는 별들처럼
호숫가 가장자리에
끝없이 줄지어 피어 있었네.
머리를 살랑대며 흥겹게 춤추는
수많은 수선화의 모습이
한 눈에 들어왔네.

호숫물도 옆에서 춤추었지만
반짝이는 물결보다 더욱 흥겹던 수선화,
이토록 유쾌한 벗과 어울릴 때
즐겁지 않을 시인이 있을 수 있을까.
나는 보고 또 보았지만 그때는 미처 몰랐네,
그 광경이 내게 얼마나 값진 것을 주었는지를.

이따금 하염없이, 혹은 수심에 잠겨
자리에 누워 있으면
고독의 축복인 내면의 눈에
홀연히 그 모습 떠오르네.
내 가슴은 기쁨에 넘쳐
수선화와 춤을 춘다.

가끔은 하느님도 외로워서 눈물을 흘리신다
새들이 나뭇가지에 앉아 있는 것도 외로움 때문이고
네가 물가에 앉아 있는 것도 외로움 때문이다
산 그림자도 외로워서 하루에 한번씩 마을로 내려온다
종소리도 외로워서 울려퍼진다

정호승의 시 '수선화에게' 중에서

구름처럼 외로이 헤매다 문득 보게 된 수선화, 수심에 잠겨 자리에 누워 있으면 고독의 축복이 되어 마음속에 떠오르는 수선화. 하늘거리는 수선화의 군무가 워즈워드의 외로운 가슴에 넘쳐흐릅니다.

외로움은 외로움과 애인이 됩니다. 나르시스는 나르시스와 애인이 됩니다. 물에 비친 자기 모습을 연모하다가 빠져 죽은 나르시스, 에코의 사랑을 외면한 대가로 자신만을 사랑하게 된 나르시스. 그는 죽어서도 자신만을 바라보는 외로움의 화신 수선화.

낙엽

레미 드 구르몽

시몬, 나뭇잎 떨어진 숲으로 가자.
낙엽은 이끼와 돌과 오솔길을 덮고 있다.

시몬, 너는 좋으냐? 낙엽 밟는 소리가.

낙엽 빛깔은 정답고 모양은 쓸쓸하다.
낙엽은 버림받고 땅 위에 흩어져 있다.

시몬, 너는 좋으냐? 낙엽 밟는 소리가.

해질 무렵 낙엽의 모습은 쓸쓸하다.
바람에 흩어지며 낙엽은 상냥하게 외친다.

시몬, 너는 좋으냐? 낙엽 밟는 소리가.

발로 밟으면 낙엽은 영혼처럼 운다.
낙엽은 날개 소리와 여자의 옷자락 소리를 낸다.

시몬, 너는 좋으냐? 낙엽 밟는 소리가.

낙엽 지는 거리를
홀로 걷기엔 쓸쓸하지만
둘이 걸으면 너무 아름답다

낙엽 지는 거리를
홀로 걷기엔 눈물이 나지만
둘이 걸으면 웃음소리가 들린다

용혜원의 시 '낙엽지는 거리를' 중에서

가을을 걷는 연인들, 낙엽을 걷는 연인들은 아름답습니다. 우수를 나누고 있기 때문입니다. 겨울의 동면을 예감하며 서로를 껴안기 때문입니다. 낙엽 지는 거리를 함께 걷지 않고 연애를 했다고 말하지 마세요.

구르몽의 '낙엽'에는 '시몬'이란 여성에 대한 깊고 뜨거운 애정이 그의 독특한 감각으로 부조돼 있습니다. '시몬, 너는 좋으냐, 낙엽 밟는 소리가' 라는 후렴이 반복되면서 가슴 아린 여운을 남깁니다.

눈 오는 저녁 숲가에 서서

로버트 프로스트

여기 이 숲이 누구의 숲인지 알 것 같다
하지만 그의 집은 마을에 있다.
그는 모르리라 내가 여기 서서
눈 쌓이는 그의 숲을 바라보는 것을.

내 조랑말은 기이하게 여기리라,
숲과 얼어붙은 호수 사이
가까이에 농가라곤 없는 곳에서 길을 멈췄으니,
그것도 일년 중 가장 어두운 이 저녁에.

말은 마냥 방울을 흔들어댄다.
무엇이 잘못됐는지 묻기라도 하듯
다른 소리는 바람과 눈송이가
가볍게 스치는 소리 뿐.

숲은 아름답고, 어둡고, 깊다.
그러나 난 지켜야 할 약속이 있고
잠들기 전에 가야할 길이 멀다.
잠들기 전에 가야할 길이 멀다.

숲의 주인도 내다보지 않는 적막한 숲가에 서서 시인은 생각에 잠깁니다. 지금 이 곳의 현실에 만족하며 안주할 것인가, 아니면 힘들더라도 약속을 지켜 이상을 향해 매진할 것인가?

숲에 눈이 쌓이고 시인은 '숲과 얼어붙은 호수 사이 근처에 농가도 없는' 한적한 곳에 말을 세우고 눈 내리는 장면을 하염없이 바라봅니다. 말은 길을 재촉하는 듯 방울을 흔들어댑니다. 시인은 눈 내리는 밤 숲의 아름다움에 매료돼 언제까지나 서서 바라보고 싶지만 가야할 길을 생각합니다. 어둡고, 깊고, 아름다운 숲은 인생이요, 잠은 죽음입니다. 시인은 죽음이 오기 전에 길을 더 가야 한다고, 남은 인생을 개척해야 한다고 다짐합니다.

'눈 오는 저녁 숲가에 서서'를 애송하는 정치인 김종필은 한때 정계은퇴 요구에 이렇게 답했습니다. "아직 가야할 길이 많이 남았다." 그는 정치적 선택을 앞두고 고사성어나 유명시를 인용해 묘한 여운을 남기곤 했습니다. DJ가 멋진 화두들을 던진다 하여 그에 대한 도덕적 혹은 정치적 평가가 희석돼서는 안 되겠지요. 다만 지난 과거에 얽매이지만 않는다면 한번씩 던지는 그의 말이 새로운 해석의 여지를 남기는 것도 사실입니다.

멈춰 서서 바라볼 시간이 없다면

윌리엄 헨리 데이비스

근심으로 가득 차
멈춰 서서 바라볼 시간이 없다면
그것이 무슨 인생이랴.

나뭇가지 아래 멈춰 서서 양이나 젖소처럼
물끄러미 바라볼 시간이 없다면

숲을 지나다가 다람쥐가 풀밭에
도토리 숨기는 것을 바라볼 시간이 없다면

한낮에도 밤하늘처럼 별들로 가득 찬
시냇물을 바라볼 시간이 없다면

미인의 눈길에 돌아서서 춤추듯 움직이는
발걸음을 지켜볼 시간이 없다면

눈에서 시작된 미소가
입가로 번질 때까지 기다릴 시간이 없다면

근심으로 가득 차
멈춰 서서 바라볼 시간이 없다면
불쌍한 인생 아니랴.

가만히 불어오는 산들 바람은
나의 발길을 멈추게 한다.
애타게 매달려 있는 나뭇잎은
나의 마음을 멈추게 한다.
모른 척 지나가는 그녀는
나의 가슴을 멈추게 한다.

이제는 내가 산들 바람을 맞으러 가야겠다.
이제는 내가 나뭇잎을 바라보아야겠다.
이제는 내가 무표정한 그녀에게 말을 건네야겠다.

산들바람 대신 싸늘한 눈보라가 불지언정,
나뭇잎 대신 앙상한 가지만 남았을지언정,
다정한 말 대신 얼어붙은 미소만 보일지언정,
산들바람도, 나뭇잎도, 그녀도
나를 기다리고 있는지 모른다

멈춰 서서 바라보는 것은 관심입니다, 사랑입니다. 오는 곳도 가는 곳도 모르는 산들바람은 당신을 위해 있습니다. 나뭇잎은 땅만이 아니라 당신의 마음 속 깊은 곳에도 떨어집니다. 아름답게 치장한 여자가 비록 도도하게 걷고 있더라도 바라보는 이가 없다면 얼마나 실망 할까요.
'근심으로 가득 차, 멈춰 서서 바라볼 시간이 없다면, 불쌍한 인생 아니랴.'

한낮에도 밤하늘처럼 별들로 가득 찬

시냇물을 바라볼 시간이 없다면

미인의 눈길에 돌아서서 그 아름다운

발걸음을 지켜볼 시간이 없다면

눈에서 시작된 미소가

입가로 번질 때까지 기다릴 시간이 없다면

가련한 인생 아니랴, 근심으로 가득 차

멈춰 서서 바라볼 시간이 없다면

나는 내 안에 살지 않고 – '해럴드 공자의 편력' 중에서

조지 고든 로드 바이런

나는 내 안에 살지 않고
내 주변의 일부가 된다.
높은 산은 내게 감동을 주지만
도시의 소음은 고문
자연에는 싫어할 게 없다.
어쩔 수 없이 육체의 사슬에 묶여
피조물에 속해 있긴 하지만,
영혼은 질주하며
하늘, 산의 정상, 넘실대는 대양,
혹은 별들과 어우러진다.

나는 내가 아니다.

눈에는 보이지 않아도

언제나 내 곁에서 걷고 있는 자,

이따금 내가 만나지만

대부분은 잊고 지내는 자,

내가 말할 때 곁에서 조용히 듣고 있는 자,

내가 미워할 때 용서하는 자,

가끔은 내가 없는 곳으로 산책을 가는 자,

내가 죽었을 때 내 곁에 있는 자,

그 자가 바로 나이다.

후안 라몬 히메네스 의 '나는 내가 아니다' 중에서

물아일체(物我一體)의 경지에 이른 장자의 호접지몽(胡蝶之夢)을 연상케합니다. 장자(莊子)가 어느 날 꿈을 꾸었습니다. 꿈속에서 장주(莊周, 장자의 이름이 周다)는 나비가 되어 꽃과 꽃 사이를 훨훨 날아다니기만 할 뿐이었습니다. 그러다 문득 잠에서 깨어났습니다. 깨어 보니 자기는 분명히 장주가 되어 있었습니다. 장주는 생각했습니다. 그런데 나비가 장주가 된 것인지, 장주가 나비가 된 것인지 알 수가 없었습니다. 꿈이 현실인지, 현실이 꿈인지를 알 수 없는 경지에 이르렀던 것입니다. 장자는 나비였는데 바이런은 하늘도 되고 산도 되고 바다도 되고 별도 됩니다.

바이런은 장편시 해럴드 공자의 편력(Childe Harold's Pilgrimage)을 출판하여 선풍적인 인기를 끌었습니다. 그 자신도 이에 놀라 "어느 날 아침에 깨어보니 유명해져 있더라"(I awoke one morning and found myself famous)라는 유명한 말을 남겼습니다.

길에서 뒹구는 저 작은 돌

에밀리 디킨슨

길 위에서 혼자 뒹구는 저 작은 돌은
얼마나 행복할까.
세상의 출세에는 아무 관심도 없고
위급한 일이 닥쳐도 두려워하지 않네.
자연 그대로의 갈색 옷은
지나던 어느 우주가 입혀줬나.
홀로 외로이 빛나는 태양처럼
다른 것에 의지하지 않고
항상 단순하게 살며
하늘의 뜻을 온전히 따르네.

내 죽으면 한 개 바위가 되리라.

아예 애련에 물들지 않고

희로에 움직이지 않고

꿈꾸어도 노래하지 않고

두 쪽으로 깨뜨려져도

소리하지 않는 바위가 되리라.

유치환의 시 '바위' 중에서

파스칼은 '팡세'에서 "인간은 생각하는 갈대"로서 자연계에서는 가장 약한 존재라고 말했습니다. "사람을 부수는 데는 온 우주가 무장할 필요가 없다. 한줄기의 증기, 한 방울의 물로도 넉넉히 사람을 죽일 수 있다. 사람은 우주가 자기보다 우세하다는 것을 알고 있지만, 반대로 우주는 그것을 전혀 모르고 있다. 그러므로 우리의 존엄성은 온전히 사고에 있다."

인간은 어찌할 수 없는 존재입니다. 인간은 생각하는 만큼 만물의 영장이지만 그만큼 나약한 존재이기도 합니다. 미약한 동물보다 더 두려움에 떠는 존재가 바로 인간입니다. 이라크에서 수천 명이 죽어나가더라도 자신의 손가락에 낀 가시 때문에 더 큰 아픔을 느끼는 그런 존재입니다.

바위는 위급한 일이 일어날까봐 두려워하지 않습니다. 그렇다고 해서 작은 돌과 바위를 고뇌의 도피처로 삼을 수는 없지요. 유치환은 '절대 의지'의 상징으로서 바위를 선택했을 뿐입니다. 돌은 돌이요, 바위는 바위일 뿐. 우리도 원하든 원치 않든 결국 흙으로, 바위로 돌아갈 것입니다. 인간의 생각이란 오만의 원천일 뿐입니다. 인간은 아무 것도 모르는 어찌할 수 없는 존재입니다.

기도하는 나무

조이스 킬머

나무처럼 사랑스러운 시를
결코 보지 못하리

달콤한 물이 흐르는 대지의 젖가슴에
굶주린 입을 대고 있는 나무

온종일 하느님을 바라보며
잎이 무성한 두 팔을 들고 기도하는 나무

여름에는 머리카락에
로빈새 둥지를 마련해주고

나무의 품에 눈이 내려 앉고
비와는 다정하게 어울려 산다

시는 나와 같은 바보가 짓지만
나무를 만드시는 이는 하느님 뿐

지금은 비교적 많은 나무들이 있는 곳에서 살고 있지만 언젠가 나무들을 잘 볼 수 없는 메마른 곳에 살게 되더라도 나는 이 시를 애송하며 내 안에 한 그루 나무를 키우리라. 아니, 나도 나무가 되리라. 자기가 서야 할 땅에 깊이 뿌리를 내리고 서서 사계절의 변화에 적응하는 나무처럼 나도 인생의 사계절을 다 받아들여 적응할 줄 아는 성실한 시의 나무, 기도의 나무가 되리라. 하늘의 것, 땅의 것을 모두 다 큰 사랑으로 껴안을 수 있는 다정하고 어진 사랑의 나무가 되리라. 하느님과 이웃의 것을 내 것인양 가로채거나 우쭐대지 않는 한 그루의 겸허한 나무, 명상과 기도를 많이 하되 말은 아끼며 안으로 지혜를 모으는 고운 바보가 되리라.

이해인의 '나를 매혹시킨 한편의 시' 중에서

이해인은 다정하고 어진 사랑의 나무가 되겠다고 합니다. 킬머의 '나무'는 세상의 변화를 모두 받아들입니다. 그리고 자신의 모든 것을 내어줍니다. 킬머와 이해인에게 나무와 인간은 하느님의 피조물일 뿐이지요.

'내 죽으면 한 개 바위가 되리라'고 노래한 유치환은 바위처럼 애련과 희로에서, 이 세상의 모든 변화에서 벗어나고 싶어합니다. 그가 갈구하는 '절대 의지' 혹은 '절대 자연'의 경지는 윤회에서 벗어난 부처님의 경지일 수도 있고 '절대자'의 경지일 수도 있습니다. 변화를 받아들이는 나무와 변화에서 벗어난 바위는 동전의 앞뒤와 같은 것은 아닐까요. 자신의 모든 것을 내어줄 때 '절대 자연'이 될 수 있으니까요. 어쨌든 동전은 하나이지요.

바람과 물과 바위

옥타비오 파스

물은 바위를 파내고
바람은 물을 흩뿌리고
바위는 바람을 막는다
물과 바람과 바위

바람은 바위를 깎아내고
바위는 한 사발 물을 담고
물은 흘러 넘쳐 바람이 된다
바위와 바람과 물

바람은 방향을 바꾸면서 노래하고
물은 흘러가며 재잘거리고
꼼짝하지 않는 바위는 침묵을 지킨다
바람과 물과 바위

서로 다른 것이며 또한 어느 것도 아니다
자신들의 공허한 이름들 사이를
지나가며 사라진다
물과 바위와 바람

물이 얼어서 얼음이 되면 물은 없어진 것입니까? 얼음이 녹아서 물이 되면 얼음은 없어진 것입니까? 50여년 전 아인슈타인은 에너지와 질량은 같은 것이라는 등가원리를 발표했습니다. 현대 물리학도 바람(에너지)이 바위(질량)라고 합니다. 바위를 구성하는 소립자들이 스스로 충돌해 에너지와 질량으로 시시각각 변신하니까요. 무시로 변하는 에너지와 질량은 불생불멸(**不生不滅**), 부증불감(**不增不滅**), 색즉시공(**色卽是空**)의 사슬에서 벗어날 수 없습니다. 그러면 죽어도 죽지 못하는 우리는 어쩌란 말인가요? 자연은 대를 바꾸며 시행착오를 끝없이 반복하는 것을. 하지만 초월하고 싶지는 않습니다. 눈물이 있기에 웃음도 있으므로. 만사는 무지개가 섰다 사라지듯이, 아름다운 공허인가 봅니다.

세상을 남들처럼 보지 않았습니다

에드가 앨런 포우

어린 시절부터 나는 남들과 달랐습니다
남들처럼 세상을 보지 않았습니다
열정을 같은 샘에서 기르지 않았습니다
같은 근원에서 슬픔을 느끼지도 않았습니다
같은 가락에 마음이 설레지도 않았습니다
내가 사랑한 것은 모두 홀로 사랑했습니다
어렸을 때 파란만장했던 삶의 새벽에
아직도 나를 사로잡고 있는 신비를
선과 악의 심연에서
끌어냈습니다.
급류나 샘에서,
산의 붉은 벼랑에서,
황금빛 가을 색조를 드리우며
내 주변을 휘감았던 태양에서,
스치듯 지나갔던 하늘의 번개에서,
천둥과 폭풍 그리고
내게는 악마의 형태를 띠었던 구름에서.

원칙, 신념 그리고 이상이 불가피하게 당신을 위선과 부정직한 삶으로 이끈다는 것을 당신은 알고 있다. 다른 누구처럼 혹은 당신의 이상처럼 되려고 노력하는 것이 모순, 혼란, 갈등의 원인이다.

당신이 사랑하는 이의 얼굴을 바라볼 때 당신은 어떤 관점에서 바라보고 있고 그 관점은 사람과 사람 사이에 공간을 만든다. 당신은 비폭력을 설파하고 있을지 모르지만 그것 때문에 당신은 폭력에 휘말릴지도 모른다.

크리슈나무르티의 '아는 것으로부터의 자유' 중에서

세상이나 아이들의 교실은 똑같은 열정과 슬픔을 느끼도록 어떤 원칙을 교육하고 있는지 모릅니다. 그러나 포우에게는 급류와 샘, 산의 붉은 벼랑, 태양, 번개, 천둥과 폭풍, 구름 같은 자신만의 자연 학습장이 있었습니다. 관찰자에서 벗어나 무위자연의 신비로 돌아가는 그런 곳 말입니다.

가을날

라이너 마리아 릴케

주여, 때가 왔습니다. 지난 여름은 참으로 위대했습니다.
해시계 위에 당신의 그림자를 드리우시고
들녘엔 바람을 풀어 놓아 주소서.

마지막 열매들이 영글도록 명하소서
이틀만 더 남국의 햇볕을 베푸소서
무르익게 재촉하시어 무거운 포도송이에
마지막 단맛이 스미게 하소서.

지금 집이 없는 사람은 더 이상 집을 짓지 않습니다.
지금 혼자인 사람은 오래도록 혼자 남아
깨어나서 책을 읽고, 긴 편지를 쓸 것입니다.
낙엽이 흩날리는 날에는
가로수 길을 이리저리 불안스레 헤매일 것입니다.

가을에는
사랑하게 하소서……
오직 한 사람을 택하게 하소서.
가장 아름다운 열매를 위하여 이 비옥(肥沃)한
시간을 가꾸게 하소서.

가을에는
홀로 있게 하소서…….
나의 영혼,
굽이치는 바다와
백합(百合)의 골짜기를 지나,
마른 나뭇가지 위에 다다른 까마귀같이.

김현승의 시 '가을의 기도' 중에서

'가을날'에서는 릴케와 신의 대화가 들리는 듯합니다. 시인은 결실의 가을과 더불어 성숙하지 못하는 자아를 인식하고 불안해하며 방황합니다. '집이 없는 사람'은 존재의 거처를 잃어버린 고독한 사람입니다. 그는 혼자 책을 읽고 편지를 쓰며 고독을 정화합니다. 그리고 여전히 방황합니다. '가을의 기도'에서 김현승도 고난(굽이치는 바다)과 영광(백합의 골짜기)을 넘어 절대 고독(마른 가지 위의 까마귀)을 염원합니다. 절대 고독은 절대자와 맞닿아 있습니다.

" 보라, 너희가 다 각각 제 곳으로 흩어지고 나를 혼자 둘 때가 오나니 벌써 왔도다. 그러나 내가 혼자 있는 것이 아니라 아버지께서 나와 함께 계시느니라."
(요한복음' 16장 32절)

내가 박식한 천문학자의 말을 들었을 때

월트 휘트먼

내가 박식한 천문학자의 말을 들었을 때

증거와 숫자들이 내 앞에 줄지어 나열되었을 때

더하고, 나누고, 계량할 도표와 도식들이 내 앞에 제시되었을 때

그 박식한 천문학자가 우레와 같은 박수를 받으며

강당에서 강의하는 것을 앉아서 들었을 때

나는 이상하게도 금방 지루하고 역겨워져

자리에서 일어나 밖으로 빠져 나온 뒤 홀로 배회하면서

신비로운 촉촉한 밤공기 속에서 이따금

가만히 하늘의 별들을 올려다보았다.

가을바람에 밀려 아내와 여행길에 올랐다. 여기저기 돌아다니다 밤늦게 숙소에 들었다. 장을 보러 나온 나는 가슴 싸하게 몰려오는 밤공기의 유혹에 끌려 나도 모르게 호숫가로 들어섰다. 갈대숲에 멈춰섰다. 갈대는 흐르고 내 마음도 흐른다. 나는 보는 사람이 없다고 신나게 물줄기를 뿜어댔다. 아뿔싸, 하늘을 쳐다보니 초롱초롱한 별들이 나를 내려다보고 있는 게 아닌가. 호수 너머 신비한 지평선도 아스라이 다가오고 있었다. 정적, 소리 없는 아우성. 이런 세상도 있었던가. 별천지다. 나는 어느새 별 속으로 빨려들고 있었다. 순간 나는 별이 되었다.

주변을 둘러보니 서로 열정적으로 포옹하는 별들도 있었고 새근새근 잠자고 있는 아기별들도 있었다. 별들의 세계가 우리네 모습과 다른 게 뭔가? 별들도 태어나고 사랑하고 죽어가는 것을. '우주의 무덤' 블랙홀에 잠들면서 다시 만날 것을 기약하기도 한다. 미국항공우주국(NASA)은 지구로부터 6천3백 광년 떨어진 곳에서 두 개의 거대한 은하계가 합쳐져 새로운 별의 무리가 생성되는 모습을 허블망원경으로 촬영하는 데 성공했다. 은하계는 고립된 상태에서 움직이는 게 아니라 서로 랑데부해 모양을 변화무쌍하게 바꾼다는 사실을 밝혀낸 것이다. 이 세상에 변하지 않는 것은 없다. 다만 '변하지 않는 것은 없다'는 사실 만은 불변일 것이다.

빛의 밝기가 시간에 따라 변하는 '우주 신비의 열쇠' 변광성(variable star)을 따라 시간의 고향을 따라 나섰다. 1950년대 한 신학자는 창세기를 기원전 4004년으로 잡았다. 그러나 허블은 우주의 나이에 관한 단서를 변광성에서 찾아냈다. 별의 원래 밝기와 허블망원경에 비친 밝기를 비교해 거리를 알아내고 별의 후진 속도를 측정해 현재 우주의 나이가 1백30억~1백40억 년이라는 것을 밝혀낸 것이다. 허블은 타임머신이다. 허블에 비친 먼 우주의 은하계 모습들은 수백만 년 전 발산된 빛으로 이루어진 것들이기 때문이다. 따라서 천체 망원경에 포착된 우주는 현재 존재하지 않을 수도 있다. 인간이 계산해낸 좁은 우주의 짧은 나이가 우습다는 생각이 든 순간 색즉시공의 파노라마를 넘어 멀리서 신비한 푸른색별이 아스라이 다가오고 있었다. 타임머신아, 빨리 지구로 가자꾸나. 나도 이 밤이 가기 전에 사랑을 하고 싶다.

세계의 명시 영어 원문

For Whom the Bell Tolls

John Donne

No man is an island, entire of itself;
every man is a piece of the continent, a part of the main;
if a clod be washed away by the sea,
Europe is the less,
as well as if a promontory were,
as well as if a manor of thy friend's or of thine own were.
Any man's death diminishes me
because I am involved in mankind,
and therefore never send to know for whom the bell tolls;
it tolls for thee.

Solemn Hour

William Blake

Whoever now weeps somewhere in the world,
weeps without reason in the world,
weeps over me.

Whoever now laughs somewhere in the night,
laughs without reason in the night,
laughs at me.

Whoever now wanders somewhere in the world,
wanders without reason out in the world,
wanders toward me.

Whoever now dies somewhere in the world,
dies without reason in the world,
looks at me.

Song of the Open Road (from 'Song of the Open Road')

Reiner Maria Rilke

Afoot and light-hearted I take to the open road,
Healthy, free, the world before me,
The long brown path before me leading wherever I choose.

Henceforth I ask not good-fortune, I myself am good-fortune,
Henceforth I whimper no more, postpone no more, need nothing,
Done with indoor complaints, libraries, querulous criticisms,
Strong and content I travel the open road.

The earth, that is sufficient,
I do not want the constellations any nearer,
I know they are very well where they are,
I know they suffice for those who belong to them.

(Still here I carry my old delicious burdens,
I carry them, men and women, I carry them with me wherever I go,
I swear it is impossible for me to get rid of them,
I am fill'd with them; and I will fill them in return.)

A tear and a smile

A tear and a smile

Khalil Gibran

I would not exchange the sorrows of my heart for the joys of the multitude.
And I would not have the tears that sadness makes to flow from my every
part turn into laughter.
I would that my life remain a tear and a smile. A tear to purify my heart and
give me understanding of life's secrets and hidden things. A smile to draw
me nigh to the sons of my kind and to be a symbol of my glorification
of the gods.

A tear to unite me with those of broken heart; a smile to be a sign of my joy
in existence. I would rather that I died in yearning and longing than that I
live weary and despairing.

I want the hunger for love and beauty to be in the depths of my spirit, for
I have seen those who are satisfied the most wretched of people.
I have heard the sigh of those in yearning and longing, and it is sweeter
than the sweetest melody.

With evening's coming the flower folds her petals and sleeps, embracing
her longing. At morning's approach she opens her lips to meet the
sun's kiss. The life of a flower is longing and fulfilment.
A tear and a smile.

The waters of the sea become vapor and rise and come together and
area cloud. And the cloud floats above the hills and valleys until it meets
the gentle breeze, then falls weeping to the fields and joins with brooks
and rivers to return to the sea, its home. The life of clouds is a parting
and a meeting.
A tear and a smile.

And so does the spirit become separated from the greater spirit to move
in the world of matter and pass as a cloud over the mountain of sorrow
and the plains of joy to meet the breeze of death and return whence it came.
To the ocean of Love and Beauty----to God.

Point of View

Shel Silverstein

Thanksgiving dinner's sad and thankless
Christmas dinner's dark and blue
When you stop and try to see it
From the turkey's point of view.

Sunday dinner isn't sunny
Easter feasts are just bad luck
When you see it from the viewpoint
Of a chicken or a duck.

Oh how I once loved tuna salad
Pork and lobsters, lamb chops too
Till I stopped and looked at dinner
From the dinner's point of view.

Happiness

Hermann Hesse

I asked professors who teach the meaning of life
to tell me what is happiness
And I went to famous executives
who boss the work of thousands of men
They all shook their heads and gave me a smile
as though I was trying to fool with them.
And then one Sunday afternoon
I wandered along the Desplaines river
And I saw a crowd of Hungarians under the trees
with their women and children
and a keg of beer and an accordion.

Spring

Edna St. Vincent Millay

To what purpose, April, do you return again?
Beauty is not enough.
You can do no longer quiet me with the redness
Of little leaves opening stickily.
I know what I know.
The sun is hot on my neck as I observe
The spikes of the crocus.
The smell of the earth is good.
It is apparent that there is no death.
But what does that signify?
Not only underground are the brains of men
Eaten by maggots.
Life in itself Is nothing,
An empty cup, a flight of uncarpeted stairs.
It is not enough that yearly, down this hill,
April
Comes like an idiot, babbling and strewing flowers.

April is the Cruellest Month (from The Waste Land)

Thomas Stearns Eliot

April is the cruellest month, breeding
Lilacs out of the dead land, mixing
Memory and desire, stirring
Dull roots with spring rain.
Winter kept us warm, covering
Earth in forgetful snow, feeding
A little life with dried tubers.

Invictus

Henley, William Ernest

Out of the night that covers me,
Black as the Pit from pole to pole,
I thank whatever gods may be
For my unconquerable soul.

In the fell clutch of circumstance
I have not winced nor cried aloud.
Under the bludgeonings of chance
My head is bloody, but unbowed.

Beyond this place of wrath and tears
Looms but the Horror of the shade,
And yet the menace of the years
Finds and shall find me unafraid.

It matters not how strait the gate,
How charged with punishments the scroll,
I am the master of my fate:
I am the captain of my soul.

A Psalm of Life

Henry Wadsworth Longfellow

Tell me not, in mournful numbers,
Life is but an empty dream!--
For the soul is dead that slumbers,
And things are not what they seem.

Life is real! Life is earnest!
And the grave is not its goal;
Dust thou art, to dust returnest,
Was not spoken of the soul.

Not enjoyment, and not sorrow,
Is our destined end or way;
But to act, that each to-morrow
Find us farther than to-day.

Art is long, and Time is fleeting,
And our hearts, though stout and brave,
Still, like muffled drums, are beating
Funeral marches to the grave.

In the world's broad field of battle,
In the bivouac of Life,
Be not like dumb, driven cattle!
Be a hero in the strife!

Trust no future, howe'er pleasant!
Let the dead Past bury its dead!
Act,--act in the living present!
Heart within, and God o'erhead!

Lives of great men all remind us
We can make our lives sublime,
And departing, leave behind us
Footprints on the sands of time;

Footprints, that perhaps another,
Sailing o'er life's solemn main,
A forlorn and shipwrecked brother,
Seeing, shall take heart again.

Let us, then, be up and doing,
With a heart for any fate;
Still achieving, still pursuing,
Learn to labor and to wait.

Loss and Gain

Henry Wadsworth Longfellow

When I compare
What I have lost with what I have gained,
What I have missed with what attained,
Little room do I find for pride.

I am aware
How many days have been idly spent;
How like an arrow the good intent
Has fallen short or been turned aside.

But who shall dare
To measure loss and gain in this wise?
Defeat may be victory in disguise;
The lowest ebb is the turn of the tide.

Life

Charlotte Bronte

Life, believe, is not a dream,
So dark as sages say;
Oft a little morning rain
Foretells a pleasant day:
Sometimes there are clouds of gloom,
But these are transient all;
If the shower will make the roses bloom,
Oh, why lament its fall?
Rapidly, merrily,
Life's sunny hours flit by,
Gratefully, cheerily,
Enjoy them as they fly.

What though death at times steps in,
And calls our Best away?
What though Sorrow seems to win,
O'er hope a heavy sway?
Yet Hope again elastic springs,
Unconquered, though she fell,
Still buoyant are her golden wings,
Still strong to bear us well.
Manfully, fearlessly,
The day of trial bear,
For gloriously, victoriously,
Can courage quell despair!

A Little Song of Life

Lizette Woodworth Reese

Glad that I live am I;
That the sky is blue;
Glad for the country lanes,
And the fall of dew.

After the sun the rain;
After the rain the sun;

This is the way of life,
Till the work be done.

All that we need to do,
Be we low or high,
Is to see that we grow
Nearer the sky.

The Road not Taken

Robert Frost

Two roads diverged in a yellow wood,
And sorry I could not travel both
And be one traveler, long I stood
And looked down one as far as I could
To where it bent in the undergrowth;

Then took the other, as just as fair,
And having perhaps the better claim,
Because it was grassy and wanted wear;
Though as for that the passing there
Had worn them really about the same,

And both that morning equally lay
In leaves no step had trodden black.
Oh, I kept the first for another day!
Yet knowing how way leads on to way,
I doubted if I should ever come back.

I shall be telling this with a sigh
Somewhere ages and ages hence:
Two roads diverged in a wood, and I –
I took the one less traveled by,
And that has made all the difference.

The Arrow and the Song

Henry Wadsworth Longfellow

I shot an arrow into the air,
It fell to earth, I knew not where;
For, so swiftly it flew, the sight
Could not follow it in its flight.

I breathed a song into the air,
It fell to earth, I knew not where;
For who has sight so keen and strong,
That it can follow the flight of song?

Long, long afterward, in an oak
I found the arrow, still unbroke;
And the song, from beginning to end,
I found again in the heart of a friend.

Get Drunk!

Charles Baudelaire

One should always be drunk. That's all that matters; that's our one imperative need. So as not to feel Time's horrible burden one which breaks your shoulders and bows you down, you must get drunk without cease.
But with what? With wine, poetry, or virtue as you choose. But get drunk.
And if, at some time, on steps of a palace, in the green grass of a ditch, in the bleak solitude of your room, you are waking and the drunkenness has already abated, ask the wind, the wave, the stars, the birds, the clock, all that which flees, all that which groans, all that which rolls, all that which sings, all that which speaks, ask them, what time it is; and the wind, the wave, the stars, the birds, and the clock, they will all reply: "It is time to get drunk! So that you may not be the martyred slaves of Time, get drunk, get drunk, and never pause for rest! With wine, poetry, or virtue, as you choose!"

Dream

Langston Hughes

Hold fast to dreams
For if dreams die
Life is a broken-winged bird
That cannot fly.
Hold fast to dreams
For when dreams go
Life is barren field
Frozen with snow.

To Be Alone

Henry David Thoreau

I find it wholesome
to be alone the greater part of the time.
To be in company, even with the best,
is soon wearisome and dissipating.
I love to be alone.
I never found the companion
that was so companionable as solitude.
We are for the most part more lonely
when we go abroad among men
than when we stay in our chambers.
A man thinking or working is always alone,
let him be where he will.
Solitude is not measured by the miles of space
that intervene between a man and his fellows.
The diligent student in one of the crowded hives of Cambridge college is
as solitary as a dervish in the desert.

Tomorrow

Anonymous

People kept talking about tomorrow;
So I asked them what it is.
They told me that tomorrow will be
When night is gone and dawn comes.
Anxiously waiting for a new day,
I slept through the night and
woke up to learn
that tomorrow was no more --
It was another today.

Friends,
There is no such a thing
As tomorrow

Youth

Samuel Ullman

Youth is not a time of life; it is a state of mind; it is not a matter of rosy cheeks, red lips and supple knees; it is a matter of the will, a quality of the imagination, a vigor of the emotions; it is the freshness of the deep springs of life.

Youth means a temperamental predominance of courage over timidity, of the appetite for adventure over the love of ease. This often exists in a man of sixty more than a boy of twenty. Nobody grows old merely by a number of years. We grow old by deserting our ideals.

Years may wrinkle the skin, but to give up enthusiasm wrinkles the soul. Worry, fear, self-distrust bows the heart and turns the spirit back to dust.

Whether sixty or sixteen, there is in every human being's heart the lure of wonder, the unfailing child-like appetite of what's next, and the joy of the game of living. In the center of your heart and my heart there is a wireless station; so long as it receives messages of beauty, hope, cheer, courage and power from men and from the infinite, so long are you young.

When the aerials are down, and your spirit is covered with snows of cynicism and the ice of pessimism, then you are grown old, even at twenty, but as long as your aerials are up, to catch the waves of optimism, there is hope you may die young at eighty.

If I Knew

Kimberly Kirberger

I would listen more carefully to what my heart says.
I would enjoy more, worry less.
I would know that school would end soon enough
and work would well, never mind.
I wouldn't worry so much about what other people were thinking.
I would appreciate all my vitality and tight skin.
I would play more, fret less.
I would know that my beauty is in my love of life.
I would know how much my parents love me and
I would believe that they are doing the best they can.
I would enjoy the feeling of "being in love"
and not worry so much about how it works out.
I would know that it probably won't
but that something better will come along.
I wouldn't be afraid of acting like a kid.
I would be braver.
I would look for the good qualities in everyone and enjoy them for those.
I would not hang out with people just because they're "popular."
I would take dance lessons.
I would enjoy my body just the way it is.
I would trust my girlfriends.
I would be a trustworthy girlfriend.
I wouldn't trust my boyfriends. (Just kidding.)
I would enjoy kissing. Really enjoy it.
I would be more appreciative and grateful, for sure.

Which Are You?

Ella Wheeler Wilcox

There are two kinds of people on earth to-day;
Just two kinds of people, no more, I say.

Not the sinner and saint, for it's well understood,
The good are half bad, and the bad are half good.

Not the rich and the poor, for to rate a man's wealth,
You must first know the state of his conscience and health.

Not the humble and proud, for in life's little span,
Who puts on vain airs, is not counted a man.

Not the happy and sad, for the swift flying years
Bring each man his laughter and each man his tears.

No; the two kinds of people on earth I mean,
Are the people who lift, and the people who lean.

Wherever you go, you will find the earth's masses,
Are always divided in just these two classes.

And oddly enough, you will find too, I ween,
There's only one lifter to twenty who lean.

In which class are you? Are you easing the load,
Of overtaxed lifters, who toil down the road?

Or are you a leaner, who lets others share
Your portion of labor, and worry and care?

William Shakespeare

Give your thoughts no tongue,
Nor any unproportion'd thought his act.
Be thou familiar, but by no means vulgar;
Those friends you have, and their adoption tried,
Pull them towards you to your soul with hoops of steel:
Beware of entrance to a quarrel; but, being in,
Bear it that the opposed may beware of thee.
Give every man thy ear, but few thy voice;
Take each man's criticism, but reserve your judgment.
Costly thy clothes as thy purse can buy,
But not express'd in fancy; rich, not gaudy;
For the apparel oft proclaims the man;
Neither a borrower nor a lender be;
For loan oft loses both itself and friend,
And borrowing dulls the edge of thrift.
this above all–to your own self be true.
–Thou canst not then be false to any man.

What Will You Be?

Dennis Lee

They never stop asking me
"What will you be?–
A doctor, a dancer,
A diver at sea?"

They never stop bugging me:
"What will you be?"
As if they expect me to
Stop being me.

When I grow up I'm going to be a Sneeze,
And sprinkle Germs on all my Enemies.

When I grow up I'm going to be a Toad,
And dump on Silly Questions in the road.

When I grow up, I'm going to be a Child.
I'll Play the whole darn day and drive them Wild.

Khalil Gibran

And a woman who held a babe against her bosom said,
"Speak to us of Children."
And he said:
Your children are not your children.
They are the sons and daughters of Life's longing for itself.
They come through you but not from you,
And though they are with you, yet they belong not to you.
You may give them your love but not your thoughts.
For they have their own thoughts.
You may house their bodies but not their souls,
For their souls dwell in the house of tomorrow, which you cannot visit,
not even in your dreams.
You may strive to be like them, but seek not to make them like you.
For life goes not backward nor tarries with yesterday.
You are the bows from which your children as living arrows are sent forth.
The archer sees the mark upon the path of the infinite,
and He bends you with His might that His arrows may go swift and far.
Let your bending in the archer's hand be for gladness;
For even as He loves the arrow that flies,
so He loves also the bow that is stable.

Modern Prayer

D. H. Lawrence

Almighty Mammon, make me rich!
Make me rich quickly, with never a hitch
in my fine prosperity! Kick those in the ditch
who hinder me, Mamom, great son of a bitch!

Should This Life Sometime Deceive You

Alexander Pushkin

Should this life sometime deceive you,
Don't be sad or mad at it!
On a gloomy day, submit:
Trust – fair day will come, why grieve you?

Heart lives in the future, so
What if gloom pervades the present?
All is fleeting, all will go;
What is gone will then be pleasant

Tomorrow, and Tomorrow, and Tomorrow (from Macbeth)

William Shakespeare

Tomorrow, and tomorrow, and tomorrow,
Creeps in this petty pace from day to day
To the last syllable of recorded time,
And all our yesterdays have lighted fools
The way to dusty death. Out, out, brief candle!
Life's but a walking shadow, a poor player
That struts and frets his hour upon the stage
And then is heard no more. It is a tale
Told by an idiot, full of sound and fury,
Signifying nothing.

To Be, or Not to Be

William Shakespeare

To be, or not to be: that is the question:
Whether 'tis nobler in the mind to suffer
The slings and arrows of outrageous fortune,
Or to take arms against a sea of troubles,
And by opposing end them? To die: to sleep;
No more; and, by a sleep to say we end
The heart-ache and the thousand natural shocks
That flash is heir to, tis a consummation
Devoutly to be wished. To die, to sleep;
To sleep: perchance to dream: ay, there's the rub;
For in that sleep of death what dreams may come
when we have shuffled off this mortal coil,
Must give us pause. There's the respect
That makes calamity of so long life;
For who would bear the whips and scorns of time,
The pangs of disprized love, the law's delay,
The insolence of office, and the spurns
That patient merit of the unworthy takes,
When he himself might his quietus make
With a bare bodkin? Who would fardels bear,
To grunt and sweat under a weary life,
But that the dread of something after death,
The undiscovered country from whose bourn
No traveller returns, puzzles the will,
And make us rather bear those ills we have
Than fly to others that we know not of?
Thus conscience does make cowards of us all;
And thus the native hue of resolution
Is sicklied o'er with the pale cast of thought
And enterprises of great pith and moment
With this regard their currents turn away,
And lose the name of action.

Cool Tombs

Carl Sandburg

When Abraham Lincoln was shoveled into the tombs, he forgot the
copperheads and the assassin . . . in the dust, in the cool tombs.

And Ulysses Grant lost all thought of con men and Wall Street, cash
And collateral turned ashes . . . in the dust, in the cool tombs.

Pocahontas' body, lovely as a poplar, sweet as a red haw in November
or a pawpaw in May, did she wonder? does she remember? . . .
in the dust, in the coll tombs?

Take any streetful of people buying clothes and groceries, cheering a
hero or throwing confetti and blowing tin horns . . . tell me if the
lovers are losers . . . tell me if any get more than the lovers . . . in
the dust . . . in the cool tombs.

Last Answers

Carl Sandburg

I wrote a poem on the mist
And a woman asked me what I meant by it.
I had thought till then only of the beauty of the mist,
how pearl and gray of it mix and reel,
And change the drab shanties with lighted lamps at evening
into points of mystery quivering with color.

I answered:
The whole world was mist once long ago and some day
it will all go back to mist,
Our skulls and lungs are more water than bone and tissue
And all poets love dust and mist because all the last answers
Go running back to dust and mist.

Ozymandias

Percy Bysshe Shelley

182

I met a traveller from an antique land
Who said– "Two vast and trunkless legs of stone
Stand in the desert . . . Near them, on the sand,
Half sunk, a shattered visage lies, whose frown,
And wrinkled lip, and sneer of cold command,
Tell that its sculptor well those passions read
Which yet survive, stamped on these lifeless things,
The hand that mocked them, and the heart that fed:
And on the pedestal these words appear:
My name is Ozymandias, king of kings:
Look on my works, ye Mighty, and despair!
Nothing beside remains. Round the decay
Of that colossal wreck, boundless and bare
The lone and level sands stretch far away."

O CAPTAIN! my Captain!

Walt whitman

O CAPTAIN! my Captain! our fearful trip is done;
The ship has weather'd every rack, the prize we sought is won;
The port is near, the bells I hear, the people all exulting,
While follow eyes the steady keel, the vessel grim and daring:
But O heart! heart! heart!
O the bleeding drops of red,
Where on the deck my Captain lies,
Fallen cold and dead.

O Captain! my Captain! rise up and hear the bells;
Rise up?for you the flag is flung?for you the bugle trills;
For you bouquets and ribbon'd wreaths?for you
the shores a-crowding;

For you they call, the swaying mass, their eager faces turning;
Here Captain! dear father!
This arm beneath your head;
It is some dream that on the deck,
You've fallen cold and dead.

My Captain does not answer, his lips are pale and still;
My father does not feel my arm, he has no pulse nor will;
The ship is anchor'd safe and sound, its voyage closed and done;
From fearful trip, the victor ship, comes in with object won;
Exult, O shores, and ring, O bells!
But I, with mournful tread,
Walk the deck my Captain lies,
Fallen cold and dead.

The Fly

William Blake

Little Fly,
Thy summer's play
My thoughtless hand
Has brush'd away.

Am not I
A fly like thee?
Or art not thou
A man like me?

For I dance,
And drink, and sing,
Till some blind hand
Shall brush my wing.

If thought is life
And strength and breath,
And the want
Of thought is death;

Then am I
A happy fly,
If I live
Or if I die.

Johann Wolfgang von Goethe

Tell a wise person, or else keep silent,
because the mass man will mock it right away.
I praise what is truly alive,
what longs to be burned to death.

In the calm water of the love-nights,
where you were begotten, where you have begotten,
a strange feeling comes over you,
when you see the silent candle burning.

Now you are no longer caught in the obsession with darkness,
and a desire for higher love-making sweeps you upward.

Distance does not make you falter.
Now, arriving in magic, flying,
and finally, insane for the light,
you are the butterfly and you are gone.
And so long as you haven't experienced this: to die and so to grow,
you are only a troubled guest on the dark earth.

Annabel Lee

Edgar Allan Poe

It was many and many a year ago,
In a kingdom by the sea,
That a maiden there lived whom you may know
By the name of Annabel Lee; --
And this maiden she lived with no other thought
Than to love and be loved by me.

I was a child and she was a child,
In this kingdom by the sea,
But we loved with a love that was more than love --
I and my Annabel Lee --
With a love that the winged seraphs in Heaven
Coveted her and me.

And this was the reason that, long ago,
In this kingdom by the sea,
A wind blew out of a cloud, chilling
My beautiful Annabel Lee;

So that her high-born kinsmen came
And bore her away from me,
To shut her up in a sepulchre
In this kingdom by the sea.

The angels, not half so happy in Heaven,
Went envying her and me: --
Yes! — that was the reason (as all men know,
In this kingdom by the sea)
That the wind came out of the cloud, by night,
Chilling and killing my Annabel Lee.

But our love it was stronger by far than the love
Of those who were older than we --
Of many far wiser than we --
And neither the angels in Heaven above,
Nor the demons down under the sea,
Can ever dissever my soul from the soul
Of the beautiful Annabel Lee: --

For the moon never beams without bringing me dreams
Of the beautiful Annabel Lee;
And the stars never rise but I feel the bright eyes
Of the beautiful Annabel Lee;
And so, all the night-tide, I lie down by the side
Of my darling, -- my darling --, my life and my bride,
In her sepulchre there by the sea --
In her tomb by the sounding sea.

Remember

Christina Rossetti

Remember me when I am gone away,
Gone far away into the silent land;
When you can no more hold me by the hand,
Nor I half turn to go yet turning stay.
Remember me when no more day by day
You tell me of our future that you planned:
Only remember me; you understand
It will be late to counsel then or pray.
Yet if you should forget me for a while
And afterwards remember, do not grieve:
For if the darkness and corruption leave
A vestige of the thoughts that once I had,
Better by far you should forget and smile
Than that you should remember and be sad.

When I Am Dead, My Dearest

Christina Rossetti

When I am dead, my dearest,
Sing no sad songs for me:
Plant thou no roses at my head,
Nor shady cypress tree.
Be the green grass above me
With showers and dewdrops wet:
And if thou wilt, remember
And if thou wilt, forget.

I shall not see the shadows,
I shall not feel the rain;

I shall not hear the nightingale
Sing on as if in pain:
And dreaming through the twilight
That doth not rise nor set,
Haply I may remember
And haply may forget.

Do Not Stand at My Grave and Weep

Anonymous

Do not stand at my grave and weep;
I am not there. I do not sleep.
I am a thousand winds that blow.
I am the diamond glints on snow.
I am the sunlight on ripened grain.
I am the gentle autumn rain.
When you awaken in the morning's hush
I am the swift uplifting rush
Of quiet birds in circled flight.
I am the soft stars that shine at night.
Do not stand at my grave and cry;
I am not there. I did not die.

Reply to the Question: "How Can You Become a Poet?"

Eve Merriam

take the leaf of a tree
trace its exact shape
the outside edges
and inner lines
memorize the way it is fastened to the twig
(and how the twig arches from the branch)
how it springs forth in April
how it is panoplied in July
by late August
crumple it in your hand
so that you smell its end-of-summer sadness
chew its woody stem
listen to its autumn rattle
watch it as it atomizes in the November air
then in winter
when there is no leaf left
invent one

My Heart Leaps Up

William Wordsworth

My heart leaps up when I behold
A rainbow in the sky :
So was it when my life began ;
So is it now I am a man ;
So be it when I shall grow old,
Or let me die !
The Child is father of the Man ;
And I could wish my days to be
Bound each to each by natural piety.!

The Lake Isle of Innisfree

William Butler Yeats

I will arise and go now, and go to Innisfree,
And a small cabin build there, of clay and wattles made:
Nine bean-rows will I have there, a hive for the honey-bee,
And live alone in the bee-loud glade.

And I shall have some peace there, for peace comes dropping slow,
Dropping from the veils of the morning to where the cricket sings;
There midnight's all a glimmer, and noon a purple glow,
And evening full of the linnet's wings.

I will arise and go now, for always night and day
I hear lake water lapping with low sounds by the shore;
While I stand on the roadway, or on the pavements gray,
I hear it in the deep heart's core.

I Wandered Lonely As a Cloud

William Wordsworth

I wandered lonely as a cloud
That floats on high o'er vales and hills,
When all at once I saw a crowd,
A host, of golden daffodils;
Beside the lake, beneath the trees,
Fluttering and dancing in the breeze.

Continuous as the stars that shine
And twinkle on the milky way,
They stretched in never-ending line
Along the margin of a bay:
Ten thousand saw I at a glance,
Tossing their heads in sprightly dance.

The waves beside them danced; but they
Outdid the sparkling waves in glee;
A poet could not but be gay,
In such a jocund company;
I gazed -- and gazed -- but little thought
What wealth the show to me had brought:

For oft, when on my couch I lie
In vacant or in pensive mood,
They flash upon that inward eye
Which is the bliss of solitude;
And then my heart with pleasure fills,
And dances with the daffodils.

Stopping By Woods On a Snowy Evening

Robert Frost

Whose woods these are I think I know.
His house is in the village, though;
He will not see me stopping here
To watch his woods fill up with snow.

My little horse must think it queer
To stop without a farmhouse near
Between the woods and frozen lake
The darkest evening of the year.
7
He gives his harness bells a shake
To ask if there is some mistake.
The only other sound's the sweep
Of easy wind and downy flake.

The woods are lovely, dark and deep,
But I have promises to keep,
And miles to go before I sleep,
And miles to go before I sleep.

Leisure

W(illiam) H(enry) Davies

What is this life if, full of care,
We have no time to stand and stare.

No time to stand beneath the boughs
And stare as long as sheep or cows.

No time to see, when woods we pass,
Where squirrels hide their nuts in grass.

No time to see, in broad daylight,
Streams full of stars, like skies at night.

No time to turn at Beauty's glance,
And watch her feet, how they can dance.

No time to wait till her mouth can
Enrich that smile her eyes began.

A poor life this if, full of care,
We have no time to stand and stare.

I Live Not in Myself (from Childe Harold)

George Gordon, Lord Byron

I live not in myself, but I become
Portion of that around me; and to me
High mountains are a feeling, but the hum
Of human cities torture: I can see
Nothing to loathe in nature, save to be
A link reluctant in a fleshly chain,
Classed among creatures, when the soul can flee,
And with the sky, the peak, the heaving plain
Of ocean, or the stars, mingle, and not in vain.

How happy is the little Stone

Emily Dickinson

How happy is the little Stone
That rambles in the Road alone,
And doesn't care about Careers
And Exigencies never fears---
Whose Coat of elemental Brown
A passing Universe put on,
And independent as the Sun
Associates or glows alone,
Fulfilling absolute Decree
In casual simplicity---

Trees

Alfred Joyce Kilmer

I think that I shall never see
A poem lovely as a tree.

A tree whose hungry mouth is prest
Against the earth's sweet flowing breast;

A tree that looks to God all day,
And lifts her leafy arms to pray;

A tree that may in summer wear
A nest of robins in her hair;

Upon whose bosom snow has lain;
Who intimately lives with rain.

Poems are made by fools like me,
But only God can make a tree

Wind and Water and Stone

Octavio Paz

The water hollowed the stone,
the wind dispersed the water,
the stone stopped the wind.
Water and wind and stone.

The wind sculpted the stone,
the stone is a cup of water,
The water runs off and is wind.
Stone and wind and water.

The wind sings in its turnings,
the water murmurs as it goes,
the motionless stone is quiet.
Wind and water and stone.

One is the other and is neither:
among their empty names
they pass and disappear,
water and stone and wind.

Alone

Edgar Allan Poe

From childhood's hour I have not been
As others were–I have not seen
As others saw–I could not bring
My passions from a common spring–
From the same source I have not taken
My sorrow–I could not awaken
My heart to joy at the same tone–
And all I loved, I loved alone–
Then–in my childhood, in the dawn
Of a most stormy life–was drawn
From every depth of good and ill
The mystery which binds me stil–
From the torrent, or the fountain–
From the red cliff of the mountain–
From the sun that round me rolled
In its autumn tint of gold–
From the lightning in the sky
As it passed me flying by–
From the thunder and the storm–
And the cloud that took the form
(When the rest of Heaven was blue)
Of a demon in my view.

Autumn Day

Rilke, Reiner Maria

Lord: it is time. The summer was great.
Lay your shadows onto the sundials
and let loose the winds upon the fields.

Command the last fruits to be full,
give them yet two more southern days,
urge them to perfection, and chase
the last sweetness into the heavy wine.

Who now has no house, builds no more.
Who is now alone, will long remain so,
will stay awake, read, write long letters
and will wander restlessly here and there
in the avenues, when the leaves drift.

When I Heard the Learn'd Astronomer

Walt Whitman

When I heard the learn'd astronomer,
When the proofs, the figures, were ranged in columns before me,
When I was shown the charts, the diagrams, to add, divide,
and measure them,
When I sitting heard the learned astronomer
where he lectured with much applause in the lecture room,
How soon unaccountable I became tired and sick,
Till rising and gliding out I wander'd off by myself,
In the mystical moist night-air, and from time to time,
Look'd up in perfect silence at the stars.

요한 볼프강 폰 괴테 (Johann Wolfgang von Goethe 1749~1832)

독일 최고의 문호. 24살 때 '젊은 베르테르의 슬픔'으로 일약 문명을 날리고 바이마르공국의 태자 카알 아우구스트에게 초대돼 약 십년간 관리 생활을 한 후 이탈리아 여행 중 로마에서 시극 '이피게니에'를 완성했다. 귀국 후 재상직을 맡으면서 소설 '빌헬름 마이스터', 희곡 '파우스트' 등을 발표, 쉴러와 함께 독일 문학의 황금시대를 이루었다. 그의 작품은 모두 자기 경험의 고백과 참회이다. 식물학 · 지질학 · 광물학 · 해부학 등의 연구에도 평생 힘을 기울였는데 그 중 '색채론'은 특히 유명하다.

존 단 (John Donne 1572~1631)

영국의 시인. 청년기에는 방종한 생활을 했으나 장년기에 이르자 국교에 귀의해 성바오로 성당의 부감독까지 올랐다. 엘리자베스조의 시풍에 반발해 생기발랄하고 대담한 연애시 · 풍자시 · 소네트를 썼지만 국교회로 들어간 후부터는 난해한 종교시를 써 훗날 형이상 시인의 선구가 된다. 그의 시는 원고대로 문인들 사이에 전승되면서 드라이든 · 브라우닝 등에게 큰 영향을 끼쳤다.

도스토예프스키 (Dostoevski 1821~1881)

모스크바의 말린스키 시립병원의 의사 미하일 도스토예프스키의 둘째아들로 태어났다. 화를 잘 내며 까다로운 성격의 아버지와 신앙심이 돈독한 어머니의 영향을 받으며 자랐다. 처녀작 '가난한 사람들' 이후에 발표되는 '죄와 벌', '백치', '악령', '카라마조프 의 형제들'로 이어지는 대장편을 통해 인생에서 모순되는 선과 악의 투쟁을 보여준다. 특히 '카라마조프의 형제들'은 그가 평생의 테마로 여겨온 사상과 종교 문제를 집대성한 세계문학의 걸작으로 꼽힌다.

로버트 블라이 (Robert Bly 1926~)

미국 시인. 하버드 대학을 다녔고 아이오와 대학에서 석사 학위를 받았다. 1962년에 첫 시집 '눈오는 벌판에서의 침묵' (Silence in the Snowy Fields)을 낸 뒤 지금까지 30권 이상의 시집을 내어 미국의 시단에 큰 영향을 미쳤다. 현재 미네소타 주에 있는 한 농장에서 살고 있다.

레미 드 구르몽 (Remy de Gourmont 1858~1916)

프랑스의 평론가. 상징주의 이론가였으나 비평가로서 넓은 시야를 지니고 과거를 존중하는 동시에 현재와 미래에 대해서도 큰 희망을 걸고 있었다. 저서에 '가면의 서', '프랑스 말의 미학', 소설 '침묵의 순례' 등이 있다.

어니스트 크리스토퍼 다우슨 (Dowson, Ernest Christopher 1867~1900)

1888년 옥스퍼드대학 중퇴. 어린 시절의 프랑스 생활, 12세 소녀와의 연애, 양친의 자살, 병에 의한 쇠약, 방종한 생활 등 세기말적인 체험을 바탕으로 탐미적인 시를 썼다. 특히 숙명적인 여성을 노래한 로맨틱한 시들로 알려져 있다. '시가집(Verses)' 시극 ' 없는 사랑의 피에로(he Pierrot of the Minute)', 단편집 '딜레마 Dilemmas)' 등이 유명하다.

헨리 밴 다이크 (Henry van Dyke 1852~1933)

프린스턴 대학교 졸업 후 프린스턴 신학교를 비롯한 여러 대학교에서 연구 활동을 했다. 1877년 장로교 목사 안수를 받은 뒤 뉴포트 회중교회 및 뉴욕 시 브릭 장로교회에서 목회 활동을 하면서 설교자 · 수필가 · 시인으로서 명성을 얻었다. 그는 찬송시도 지었는데 베토벤의 '환희의 송가'에 붙인 "기뻐하며 경배하세"가 특히 유명하다.

윌리엄 헨리 데이비스 (William Henry Davies 1871~1940)

영국 웨일스 출생. 젊었을 때 미국으로 건너가 몇 년 동안 떠돌이 생활을 한다. 두 번째 미국 방문에서는 사고로 다리를 하나 잃는다. 첫 시집 '영혼의 파괴자(The Soul's Destroyer and other poems)'로 버너드 쇼의 인정을 받는다. 쇼가 서문을 쓴 '슈퍼 떠돌이의 자서전(The Autobiography of a Super-Tramp)'에 시인의 방랑 생활에 관련된 사연들이 담겨 있다.

에밀리 디킨슨(Emily Dickinson 1830~1886)

미국의 여성 시인. 청교도 가정에서 태어나 일생 동안 외부 세계와 담을 쌓고 지냈다. 에머스트에서 고등학교를 마친 뒤 마운트 홀리요크 신학대학에 입학하였으나 1년 만에 중퇴하고 시작에 전념하며 평생을 독신으로 지냈다. 처자가 있는 목사와의 사랑이 실연으로 끝난 뒤 그녀의 시적 재능을 발산하지만 그녀가 쓴 시 1775편 가운데 생전에 발표된 것은 단 7편에 불과하다.

그녀의 시는 자연과 사랑 외에도 청교도주의를 배경으로 한 죽음과 영원 등의 주제를 많이 다루고 있다. 간단명료하고 윤곽이 뚜렷한 시풍으로 이미지즘의 선구자로 꼽힌다.

D. H. 로렌스 (D. H. Lawrence 1885~1930)

영국의 소설가 · 신인 · 평론가. 영국 노팅검에서 광부의 아들로 태어났다. 그의 생애에 대해서는 그의 자전적 소설 '아들과 연인(Sons and Lovers)' 을 보면 많은 것을 알 수 있다. 기계 문명에 위축된 정신세계와 성적 에너지의 회복을 주장하였다. '채털리 부인의 연인(Lady Chatterley's Lover)' 은 과감한 성적 묘사로 한때 외설문학으로 치부되어 여러 나라에서 출판이 금지되는 우여곡절을 겪었지만 이제는 진지하고도 문학성 높은 작품으로 평가받고 있다.

크리스티나 로제티 (Christina Rossetti 1830 ~1894)

영문학사에서 아주 중요하게 평가받고 있는 여성 시인 가운데 한 명이다. 화가이자 시인인 댄티 게이브리얼 로제티의 누이동생이다. 경제적으로는 매우 궁핍한 생활을 했다. 영국국교회 신도였던 그녀는 약혼자가 가톨릭신자라는 이유로 결혼을 포기하기도 했다. 오빠가 삽화를 그려 넣은 '요귀시장(Goblin Market and Other Poems)' 과 '왕자의 편력(The Prince's Progress and Other Poems)' 을 출판해 호평을 받았다. 아서 휴스가 삽화를 그린 '동요집 (Nursery Rhyme Book)' 은 19세기 아동도서로 최고의 평가를 받고 있다. 앨프리드 테니슨을 계승할 유망한 계관시인 후보로 여겨졌으나 1891년에 암으로 사망한다. 그녀는 늘 영혼의 순수성을 추구하면서 성녀 같은 삶을 살았지만 가슴 한편에는 열정적이고 관능적인 기질이 자리 잡고 있었다.

피에르 드 롱사르 (Ronsard, Pierre de 1524~1585)

프랑스 루아르 지방에서 출생. 프랑수아 1세의 황태자 오를레앙公의 시종으로 입궁해 스코틀랜드 · 독일 등에 머물렀다. 18세 때 병으로 청각에 이상이 생겨 사임하고 파리의 코크레 학원에 입학하여 고대문학 연구에 몰두하였다. '엘렌의 소네트(Sonnets pour Hlne)' 는 사랑과 더불어 노쇠와 죽음을 음영(陰影)으로 묘사한 롱사르 시의 최고봉이다. 생콤의 수도원에서 생애를 마친 롱사르는 16세기 프랑스 최대의 시인이며, 중세 서정시와 근대의 상징시를 잇는 계승자 역할을 했다.

헨리 워즈워드 롱펠로(Henry Wadsworth Longfellow 1807~1882)

미국에서 대중적 인기를 가장 많이 받은 시인. 보든 대학을 졸업하고 유럽에 유학한 뒤 귀국해서 모교의 교수가 되었다. 몇 년 뒤에는 하버드 대학 교수가 된다. 롱펠로는 첫 번째 부인을 잃은 후 스위스에서 프랑세즈 애플튼이라는 여자를 사랑하게 되어 재혼하지만 그녀는 사고로 사망한다. '하이피리언(Hyperion)'은 애플튼을 모델로 쓴 소설이다. 대표작으로는 식민지 전쟁을 배경으로 한 비련의 이야기 시 '에반젤린(Evangeline)', 인디언 영웅의 신화적 이야기 '하이어와터의 노래(The Song of Hiawatha)'가 있다.

데니스 리 (Dennis Lee 1939 ~)

캐나다 시인. 1972년 시집 '시민의 비가(Civil Elegies and Other Poems)'로 권위 있는 문학상 가운데 하나인 Governor General's Award를 받았다. '악어 파이(Alligator Pie)'는 어린이 용 시집으로 장기 베스트셀러가 되고 있다. 그의 시는 캐나다의 지명, 지방 문화의 특성, 환경 문제 등을 다루어 캐나다 민족 정체성을 표현하려는 노력이 두드러지지만 캐나다 밖의 전세계 영어권에서도 널리 인기를 얻고 있다.

리제트 우드워드 (Lizette Woodworth 1856~1935)

미국 메릴랜드주 출신의 시인. 45년간 교사 생활을 하였고 그 가운데 21년은 볼티모어의 웨스턴 고등학교에서 가르쳤다. 그녀의 시는 강렬하고 간결하여 가끔 에밀리 디킨슨의 시와 비교되기도 한다. '세월(Years)'이라는 소네트가 가장 유명하다.

라이너 마리아 릴케(Reiner Maria Rilke 1875~1926)

독일의 시인·소설가. 뮌헨·베를린 대학에서 수학하고 장기간에 걸쳐 러시아를 두 번 여행하였다. 그 후 파리로 이주해 조각가 로뎅의 비서로 지내기도 했다. 만년에는 스위스에서 살다 그 곳에서 사망했다. 대표작은 감상적인 서정시 '형상시집', 소설 '말테의 수기'가 있다.

존 크로우 랜섬 (John Crowe Ransom 1888~1974)

미국의 시인·비평가. 목사의 아들로 태어났다. 내슈빌시의 밴더빌트대학교에 입학한 후 다시 1910년에 영국으로 건너가 옥스퍼드대학교에서 공부했다. 귀국해 모교의 영문학 교수가 되고 잡지 '퓨지티브(The Fugitive)'를 창간했다. 그후 이 잡지를 중심으로 모인 문인들을 퓨지티브 그룹이라고 불렀다. 1958년 70세로 은퇴할 때까지 문학 비평가와 잡지편집자로서 문단에 크게 기여했다.

찰스 램 (Charles Lamb 1775 ~ 1834)

영국의 수필가·시인. 크라이스트 호스피틀이라는 빈민자제 학교를 나와
남해상회 및 동인도회사의 회계원으로 일하였으나 문학에 뜻을 두고 있었
다. 동창이었던 S. T.콜러리지를 비롯하여 여러 시인들과 교류를 맺었다.
1796년 누이인 메리가 정신 발작을 일으켜 어머니를 살해한다. 램은 자신에
게도 같은 병의 유전(遺傳)이 있음을 알고, 평생 독신으로 누이를 간호하며
생활하였다. 1807년에 누이와 합작으로 '셰익스피어 이야기(Ta l es from
Shakespeare)'를, 1808년에는 '율리시스의 모험(The Adventures of
Ulysses)'을 발표했다. 이 책들은 소년 ·소녀들을 위한 명저로 오늘날에도
널리 읽혀지고 있다. '엘리아의 수필(Essays of Elia)'은 주변의 삶을 유머
와 페이소스(pathos)로 관찰하여 써 낸 것으로 영국 수필의 걸작으로 평가
받고 있다. 그의 만년은 어두웠다. 자신도 누이와 같은 정신병으로 괴로움
을 겪었다. 어느 날 런던 거리를 산책하던 중 돌에 걸려 넘어져 얼굴에 입은
부상으로 사망하게 된다.

드니즈 레버토브 (Denise Levertov 1923~1998)

영국 태생의 미국 시인. 20대에 미국으로 이민하여 윌리엄 칼로즈 윌리엄즈
의 영향을 받았다. 1960년대와 70년대의 반전운동과 반핵운동에 페미니스
트 운동가로 참여했으며 1982년부터 1993년 사이에는 스탠퍼드대학에서
가르쳤다. 시집으로 '댄스의 슬픔(The Sorrow Dance)'이 있다.

이브 메리엄 (Eve Merriam 1916~1992)

미국 필라델피아 출신의 시인·극작가·연출가. 코넬·펜실베이니아·위스
콘신 ·컬럼비아 대학을 다녔고 여러 학교와 기관에서 강의했다. 1946년에
펴낸 첫 시집 '가족 서클(Family Circle)'은 예일대학교 젊은 시인 총서에 선
정되었다. 아동을 위한 그림책과 시집들도 많이 펴냈다.

W. S. 머윈 (W. S. Merwin 1927 ~)

미국 뉴욕 태생의 시인. 프랑스, 포르투갈, 마조르카 등 세계의 여러 곳에서
살았다. 최근에는 하와이 제도의 마우이 섬에서 희귀 야자수를 기르며 살고
있다고 한다. 15권 이상의 시집을 냈고 시와 관련된 많은 상을 받았다. 중요
시집에는 '강의 소리(The River Sound)', '꽃과 손(Flower and Hand)'이 있
다. 그밖에 20권 이상의 번역서, 희곡, 4권의 산문집을 냈다.

월터 드 라 메어 (Walter de la Mare 1873~1956)

영국의 시인 · 소설가. 신교도 위그노의 후예. 중학교를 중퇴한 후 석유회사 사원을 지내면서 문필에 종사. 1920년 시집 '어렸을 때의 노래(Songs of Childhood)'를 냈다.1908년 퇴사 후 신문 · 잡지에 신간 비평을 하면서 문학에 전념했다. 대표작으로 소설에 '귀환(The Return)', 시집에 '귀 기울이는 사람들(Listeners)'이 있다

도로시 파커 (Dorothy Parker 1893~1967)

미국의 단편소설가 · 시인. 위트에 가득 찬 시와 소설로 이름을 떨쳤다. 에드윈 폰드 파커 2세와 결혼했으나 이혼한다. 잡지사 'Vanity Fair'에서 드라마 비평가로 활약하다 신랄한 독설로 쫓겨난 뒤 주로 자유기고가로서 활동했다. 위트와 냉소에 넘치는 경쾌한 시들로 채운 첫 시집 '충분한 밧줄(Enough Rope)'이 짧은 시간에 베스트셀러가 됐다. 앨런 캠벨과 두 번째로 결혼한 뒤 할리우드로 가서 시나리오 작가로 활약했다. '스타 탄생(A Star Is Born)'은 아카데미상에 추천된 이들 부부의 작품이다. 2차 대전 후 할리우드를 휩쓴 반공주의에 대항한 좌파 운동가이기도 했다.

에드나 빈센트 밀레이 (Edna Vincent Millay 1892~1950)

미국의 여류 시인이자 극작가. 바사 대학을 졸업하던 해에 첫 시집 '재생(Renascence and Other Poems)'을 펴냈다. 이 시집에서 보여준 완숙한 기교와 아름다움에 대한 동경은 문단을 놀라게 했다. 그녀는 순수 서정시인이었지만 정치 · 사회 문제에도 관심을 보였으며 여배우로 활동하기도 했다. '두 번째의 사월(Second April)', 퓰리처상을 받은 '하프 제작자의 발라드(Ballad of The Harp Weaver)', '한밤의 대화(Conversation at Midnight)' 등의 시집을 남겼다. 그녀는 대담할 정도로 솔직한 관능적 표현과 새로운 자유와 모럴을 생활 속에서 실천하며 산 여성으로도 유명하다.

조지 고든 로드 바이런 (George Gordon, Lord Byron 1788 ~ 1824)

영국 런던 출신의 시인이자 풍자가. 독일의 문호 괴테가 "유럽적 현상"이라고 일컬은 낭만적 반항아 신드롬을 불러 일으켰다. 태어날 때부터 절름발이였지만 수영과 복싱 등의 스포츠에 만능이었고, 유럽 여인들의 가슴을 한없이 설레게 했던 미남 귀족이었다. 1807년에 첫 시집 '한가로운 시간(Hours of Idleness)'을 출판하였고, 1809년에 상원의원이 되었다. 1812년 '해럴드 공자의 편력'을 출판하여 선풍적인 인기를 얻었다.

로버트 번스 (Robert Burns 1759~1796)

영국 스코틀랜드 출신의 시인. 가난한 농부의 아들로 태어나 민중적인 의식을 가진 시인으로 성장하였다. 농업에 종사하고 여러 여성에게 마음이 끌려 아름다운 시를 많이 지었다. 실연과 농사 실패로 자메이카섬으로 가도록 권고를 받아왔는데 그 뱃삯을 벌기 위해 '주로 스코틀랜드 방언으로 쓴 시(Poems chiefly in the Scottish Dialect)'를 출판, 호평을 받았다.

폴 베를렌 (Paul Verlaine 1844~1896)

프랑스의 서정 시인. 스물두살 때부터 시작을 하였다. 1870년 결혼하고 같은 해 그의 시작에 결정적인 영향을 주는 랭보와 교유를 시작해 7월에 아내를 버리고 랭보와 함께 영국·벨기에를 유랑했다. 두 사람의 우정은 비극적으로 끝난다. 베들렌은 랭보에게 권총을 쏘아 손목에 부상을 입히고 자신은 2년간 투옥되었으며 옥중에서 아내와 이별했다. 감옥에서 가톨릭에 귀의한 이후 종교시 '예지'를 펴냈다.

샤를 피에르 보들레르 (Charles-Pierre Baudelaire 1821~1867)

프랑스 시인·평론가. 어렸을 때 아버지를 잃고 의붓아버지 밑에서 자랐다. 성년이 되어 재산을 상속받았으나 방탕한 생활에 빠져 2년 동안에 유산을 거의 탕진해 버린다. 애드가 앨런 포우에 심취해 큰 영향을 받았다. 1857년에 '악의 꽃'(Les Fleurs du Mal)을 발표. 1867년 여름에 실어증 상태에서 46세의 나이로 세상을 떠난다. 그의 시는 베를렌·랭보·말라르메 등 상징파 시인들에게 큰 영향을 미쳤다.

엘리자베스 배럿 브라우닝(Elizabeth Barrett Browning 1806~1861)

영국의 여류 시인. 8세 때 그리스어로 호메로스를 읽고 14세에 첫 시를 발표한 조숙한 천재였다. 병상에 누워 있을 때 6세 연하의 시인 로버트 브라우닝(Robert Browning)과 편지로 사귀기 시작한 뒤 곧 사랑에 빠졌으나 부모의 반대에 부닥쳐 1846년에 몰래 결혼해 이탈리아로 달아난다. 그 뒤 15년 동안 이탈리아에서 살면서 남편과 함께 왕성한 창작 활동을 한다. 이들의 연애는 영문학사상 가장 아름다운 로맨스로 알려져 있다. 대표작으로는 로버트 브라우닝에 대한 애정을 담은 '포르투갈 말에서 번역한 소네트집(Sonnets from the Portuguese)이 있다. 크리스티나 로제티(Christina Rossetti)와 함께 영국에서 가장 뛰어난 여성 시인으로 평가받는다.

프랜시스 윌리엄 부르디옹 (Francis William Bourdillon 1852~1921)

영국 서섹스 출신의 시인. 옥스퍼드의 우스터 대학에서 수학했다. 13권의 시집을 냈다. 그가 남긴 500여편의 시 가운데 '밤에는 천개의 눈이 있다 (The Night Has a Thousand Eyes)'로 유명해졌다. 고대 프랑스어 시와 연대기를 번역하기도 하였다.

조이 에이킨스 (Zoe Akins 1886~1958)

미국의 시인이자 극작가. 미주리주 휴먼즈빌에서 태어났다. 1914년에 'Papa'라는 희곡으로 드라마계에 발을 들여놓았다. 1929~1930년에 공연된 'The Greeks Had a Word For It'으로 인기를 얻었다. 1935년에는 이디스 훠튼의 소설 '노처녀(The Old Maid)'를 극화하여 퓰리처상을 받았다. 그 외에도 한 편의 소설(Forever Young)과 두 권의 시집을 남겼다.

윌리엄 블레이크 (william blake 1757~1827)

영국의 시인 · 화가 · 신비주의 사상가. 자신이 삽화를 그리고 채색한 '무구의 노래(Songs of Innocence)'에는 어린이의 눈으로 세계를 긍정하고 있고 '경험의 노래(Songs of Experience)'에서는 어른의 눈으로 세계를 회의적으로 바라보고 있다. 그 뒤 '예언서'로 일컬어지는 많은 장시를 썼다. 그는 살아 있는 동안 제대로 인정받은 적이 없어 70평생을 가난하게 지내다 이름 없는 예술가로 세상을 떠났다.

칼 샌드버그 (Carl Sandburg 1878~1967)

미국의 시인 · 역사학자 · 소설가 · 민속학자. 11세부터 이발소 급사, 우유 배달차 운전수, 벽돌공, 밀 농장 일꾼 등 여러 가지 일을 했고, 1898년에 미국 ─ 스페인 전쟁이 터졌을 때는 일리노이 제6보병대에 입대하기도 했다. 대표작으로는 '굿모닝 아메리카(Good Morning, America)', '그렇다, 민중이여(The People, Yes)' 등이 있다. 에이브러햄 링컨 전기를 써서 1939년과 1940년에 역사 부문 퓰리처상을 받았다.

사포 (Sappho, B.C. 612~?)

에게해 레스보스섬의 미틸레네 출생. 귀족 명문 출신으로 당시의 정치적 분쟁을 피하여 한때는 시칠리아섬에 살았으나, 생애의 대부분은 레스보스섬에서 지냈다. 레스보스섬의 아이오리스 방언으로 시를 짓고, 그녀 자신의 이름도 그 방언으로 사포라고 불렀다. 때때로 아름다운 사포라고 묘사되고 있으나, 사실은 추한 여인이라는 설도 있다. 아무튼 미의 여신 아프로디테에 견줄 만한 미인으로 이상화된 모습이 전해져 내려왔다. 시의 여신으로 칭송받는 사포는 남편이 죽은 뒤에는 소녀들을 모아 음악·시를 가르쳤으며, 문학을 애호하는 여성 그룹을 중심으로 활약한 것으로 알려져 있다.

헨리 데이비드 소로 (Henry David Thoreau 1817~1862)

미국 매사추세츠주 콩코드 출신의 저술가. 하버드 대학을 졸업했으나 부와 명성을 쫓는 화려한 생활을 따르지 않고 고향으로 돌아와 측량일이나 목수일 등의 노동으로 생계를 유지하면서 글을 썼다. 그러나 소로는 생전에 자신의 저술로 그 어떤 경제적인 성공이나 주목을 받지는 못했다. 1845년 월든 호숫가의 숲 속에 들어가 통나무집을 짓고 밭을 일구면서 자급자족한 2년간의 경험을 기록한 '월든'(walden)도 1854년 출간 당시에는 별다른 주목을 끌지 못했지만 오늘날 19세기에 쓰여진 가장 중요한 책들 중의 하나로 평가받고 있다. 인두세 납부를 거부하여 수감되었던 사건을 통해 개인의 자유에 대한 국가 권력의 의미를 깊이 성찰한 그의 또 다른 책 '시민의 불복종'은 세계의 역사를 바꾼 책으로 꼽히고 있다.

기욤 아폴리네르 (Guillaume Apollinaire 1880~1918)

프랑스 시인. 이탈리아인 아버지와 폴란드인 어머니 사이의 사생아로 출생. 1차대전에도 참전. 1918년 전쟁의 이미지와 사랑의 번민이 가득한 시집 '칼리그람(Calligrammes)'을 출간.전쟁 때 입은 부상으로 건강이 악화돼 인플루엔자에 걸려 세상을 떠났다.

윌리엄 셰익스피어 (William Shakespeare 1564~1616)

영국의 세계적인 문호. 그는 에이본 강 가의 스트래트퍼드(Stratford-upon-Avon)에서 태어나 청년기에 런던으로 상경, 배우·희곡작가·시인으로 활동했다. 교육적 배경은 모호하지만 책을 많이 읽고 상상력이 뛰어난 천재였던 것은 확실하다. 당대 최고의 인기를 누렸고 엘리자베스 여왕의 총애도 받았다고 한다. 그는 37편의 희극, 비극, 사극과 154편의 소네트를 썼다. 그가 사용한 말은 오늘의 각종 인용구 사전에서 가장 많은 수를 차지할 정도로 많은 사람들의 입에 오르내리고 있다.

엘러 휠러 윌콕스 (Ella Wheeler Wilcox 1850~1919)

미국의 시인, 작가, 저널리스트. 어렸을 때부터 대중문학을 탐독하였고 14세에 신문에 첫 작품을 발표하였다. 위스콘신 대학에서 공부. 1872년에 첫 시집 '낙수(Drops of Water)'를 펴냈고 다음해 종교적인 시집 '조가비들(Shells)'을 냈다. 1883년에 에로틱한 연애 시집 '정열의 시들(Poems of Passion)'을 펴내 대성공을 거두었다.

콘래드 에이컨 (Conrad Potter Aiken 1889~1973)

미국의 시인·소설가·비평가. 어렸을 때 의사인 아버지가 어머니를 죽이고 자살한 사건으로 엄청난 충격을 받는다. 하버드 대학 재학 시절 T. S. 엘리어트의 급우였다. 기자 생활을 하면서 글쓰기에만 전념하여 평론과 시를 썼다. 결혼은 두 번하였다. 1930년 '선택된 시들(Selected Poems)'로 퓰리처상을 수상했다. 모더니스트 시인들과 교유하며 그들의 영향을 많이 받았으나 전반적으로는 전통적인 서정시를 더 많이 썼다.

퍼시 비시 셸리 (Percy Bysshe Shelley 1792~1822)

영국의 낭만 시인. 부유한 지주이자 준남작의 큰아들로 태어나 명문 이튼 학교를 거쳐 옥스퍼드의 유니버시티 칼리지에 들어가 공부했다. 셸리는 누이동생의 친구 해리엇 웨스트브룩을 만나 결혼한다. 이때 해리엇의 나이는 16세, 셸리는 19세. 하지만 곧 셸리는 16세 소녀 메리 고드윈과 사랑하게 됨으로써 괴롭고도 행복한 사랑의 삼각관계에 빠지고 만다. 해리엇은 셸리와 메리가 프랑스, 스위스로 달아나자 호수에 빠져 자살하고 만다. 셸리는 이 사건의 충격에서 벗어난 뒤 1816년에 메리와 결혼한다. 1820년 셸리는 이전의 유럽 여행에서 우의를 쌓았던 시인 바이런(Lord Byron)을 만나고 건강 진단도 받을 겸 이탈리아의 피사에 갔다가 영영 돌아오지 못하게 된다. 자신의 요트 '돈주안호'를 타고 이탈리아에서 돌아오던 중 갑작스런 돌풍으로 배가 가라앉는 바람에 익사하고 만 것이다. 30세의 젊은 나이였다. 그의 시 '오지만디어즈(Ozimandias)', '서풍부(Ode to the West Wind)'가 널리 읽히고 있다.

앨프레드 조이스 킬머 (Alfred Joyce Kilmer 1886~1918)

미국의 시인 · 저널리스트. 뉴욕타임스의 편집인을 지냈다. 뉴욕 대학의 저널리즘 강좌를 맡으면서 많은 대중적인 시를 썼다. 1차대전에 종군하다 프랑스에서 전사했다. 시집으로는 '사랑의 여름(Summer of Love)'이 있다.

토머스 엘리어트 (Thomas Stearns Eliot 1888~1965)

영국에 귀화한 미국 시인 · 극작가 · 비평가. 1차 세계대전과 2차 세계대전 사이에 예술의 전통적인 사고와 기법을 타파하는 새로운 주장을 내세우며 모더니즘 운동을 이끌어 20세기 문화에 지대한 영향을 끼쳤다. 1948년 노벨문학상을 받았다. 1차대전 후 지성인들의 혼란을 노래한 장시 '황무지(The Waste Land)'는 '사월은 잔인한 달'이라는 말을 세계적으로 유행시켰다. 그가 어린이들을 위해 쓴 시 '늙은 주머니쥐의 고양이에 관한 책(Old Possum's Book of Practical Cats)'을 토대로 제작한 뮤지컬 '캣츠(Cats)'는 1981년 영국에서 초연된 후 지금까지도 공연되고 있다.

윌리엄 버틀러 예이츠 (William Butler Yeats 1865~1939)

아일랜드 출신의 시인. 화가의 아들로 태어나 더블린 · 런던 등지에서 화가가 되려고 미술학교에 다니기도 했지만 곧 문학으로 진로를 바꾸었다. 정통적인 기독교 대신 여러 형태의 신비주의 · 민담 · 영매술 · 신플라톤사상 등에 몰두한 예이츠는 환상적인 주제를 즐겨 다루었다. 그의 시는 스펜서 · 셸리 · 블레이크로부터 영향을 받아 낭만주의의 향기를 풍긴다. 주요 소재도 시냇물 · 언덕 · 바위 · 숲 · 바람 · 구름 등이었다. 아일랜드 독립운동에도 적극 참가하여 아일랜드가 독립국이 된 뒤에는 그 공으로 원로원 의원이 되기도 하였다. 1923년에 노벨문학상을 받았다. 주요 시집으로 '오이진의 방랑기(The Wanderings of Oisin and Other Poems)', '마지막 시집(Last Poems)' 등이 있다.

위스턴 휴 오딘 (Wystan Hugh Auden 1907~1973)

영국 태생의 미국 시인. 옥스퍼드대학 출신. 엘리어트의 신시 운동에 참가했다. 정신병리학과 마르크스주의 에 천착한 그는 중산층의 몰락을 풍자한 시를 많이 지었다. 2차대전 후 미국에 귀화한 후로는 정통적 신앙 세계로 돌아가 바로크풍의 목가 '불안의 시대(The Age of Anxiety)'를 출판, 퓰리처상을 받았다.

윌리엄 워즈워드 (William Wordsworth 1770~1850)

영국의 계관시인. 영국 북부에서 변호사의 아들로 태어났으나 어린 시절에 부모를 잃고 백부의 보호 아래 성장했다. 케임브리지 대학을 마치고 프랑스로 건너간 워즈워드는 절정기에 이른 프랑스 혁명을 목격하고 큰 감명을 받는다. 프랑스 혁명으로 영국과 프랑스 사이의 국교가 악화되자 그는 공화주의적인 정열과 조국애 사이의 갈등으로 깊은 고뇌에 빠진다. 그후 S. T. 코울리지와 친교를 맺고 그로부터 많은 영향을 받는다. 1798년에 공동으로 펴낸 '서정민요집(Lyrical Ballads)'에서 코울리지가 초자연적이고도 환상적인 세계를, 워즈워드는 전원과 시골을 배경으로 한 자연의 장엄함을 다룸으로써 낭만주의 부활의 한 획을 긋는다.

존 보일 오라일리 (John Boyle O' Reilly 1844~1890)

아일랜드 출신의 시인이자 소설가. 소년기에 아일랜드 자치를 위해 활동하다 체포돼 오스트레일리아에서 20년의 노역형을 치르던 중 1869년 미국의 한 포경선 선장의 도움을 받아 오스트레일리아를 탈출해 미국으로 건너간다. 1870년 보스톤에서 'The Pilot'의 편집자가 된다. 네 권을 시집 'Songs of the Southern Seas', 'Songs, Legends, and Ballads', 'The Statues in the Block', 'In Bohemia'과 오스트레일리아의 경험을 담은 소설 'Moondyne'을 남겼다. 독실한 가톨릭 신도로서 미국의 가톨릭 신앙의 발전에 큰 영향을 끼쳤다.

칼릴 지브란 (Khalil Gibran 1883~1931)

레바논 태생의 미국 수필가 · 소설가 · 신비주의 시인 · 화가. 베이루트에서 초등교육을 받았고 1895년 부모와 함께 미국의 보스턴으로 이주했다. 1912년 뉴욕에 정착하여 아랍어와 영어로 문학수필과 단편소설을 쓰고 그림을 그리는 데 열중했다. 그의 문학작품과 미술작품은 성서와 프리드리히 니체, 윌리엄 블레이크의 영향을 받았다. 대표작으로는 시집 '산골짜기의 요정(Aris al-Murj)', '눈물과 미소(Damah wa Ibtismah)', '선구자(The Forerunner)', '예언자(The Prophet)가 있다.

피비 케어리 (Phoebe Cary 1824~1871)

미국 오하이오주 출신의 시인. 네 살 위인 언니 앨리스 케어리와 함께 케어리자매로 불리기도 한다. 언니 역시 작가이자 시인이다. 이들 자매는 주로 농장에서 자라 학교 교육은 별로 받지 못했으나 앨리스는 어머니로부터, 피비는 언니로부터 글쓰기를 배워 어린 시절부터 보스턴 신문에 시를 발표하기 시작했다. 에드가 앨런 포우 등의 유명 시인들이 자매의 시를 주목하고 1850년에 '앨리스와 피비 케어리 시집(Poems of Alice and Phoebe Cary)'의 출간을 도와준다. 이 시집이 호평을 받자 케어리 자매는 뉴욕으로 건너가 활동하게 된다. 언니보다 과작이었던 피비는 두 권의 시집 '시와 패러디(Poems and Parodies)', '믿음과 희망과 사랑의 시(Poems of Faith, Hope and Love)'를 남겼다.

새러 티즈데일 (Sara Teasdale 1884 ~ 1933)

미국의 시인. 개인적인 주제의 짧은 서정시들을 고전적 단순성과 차분한 강렬함으로 표현하여 주목받았다. 시인 배첼 린지의 구혼을 거절하고 1914년 세인트루이스의 사업가인 에른스트 필싱어와 결혼한다. 1929년 이혼한 뒤 뉴욕 시로 옮겨 칩거생활을 하다가 1933년에 자살한다. 1907년 처녀시집 '두제에게 바치는 소네트(Sonnets to Duse and Other Poems)'가 호평을 받았고 '바다로 흐르는 강물(Rivers to the Sea)'을 펴내 인기 시인으로 자리를 굳혔다. 1918년에는 '사랑의 노래(Love Songs)로 시 부문 퓰리처상을 받았다.

로버트 헤릭 (Robert Herrick 1591~1674)

런던 출생. 1620년 케임브리지대학교 졸업. 1623년 성공회 목사가 되었다. 내란 때인 1647년 청교도에 의해 성직에서 쫓겨나 런던에 돌아온 후 1662년 목사로 생애를 마쳤다. 왕당파서정시인인 그의 시작품은 '헤스페리데스(Hesperides)'에 수록돼 있다. B.존슨의 시풍을 계승하여 격조를 갖춘 목가적 서정시를 발표, 신변의 가련한 것들에 대한 아름다움을 정묘하게 읊었다.

앨프레드 로드 테니슨 (Alfred Lord Tennyson 1809 ~ 1892)

영국의 시인. 로버트 브라우닝과 함께 빅토리아 시대의 대표적인 시인이다. 케임브리지의 트리니티 칼리지에 다녔으나 부친이 빚을 남기고 죽는 바람에 학업을 중단하고 만다. 10대가 되기 전에 뛰어난 글 솜씨를 보였고 17세에 형들과 '두 형제 시집(Poems by Two Brothers)'을 출간한다. 1830년에 '서정시집 (Poems, Chiefly Lyrical)'을 출간. 그의 여동생 에밀리를 사랑하게 된 친구 할람이 1833년 외국 여행 중에 갑자기 죽자 커다란 충격을 받고 오랫동안 절망적인 상태를 벗어나지 못한다. 그 해부터 죽은 친구를 추모하는 긴 시를 쓰기 시작한다. 이 시는 1850년에 '인 메모리엄(In Momoriam)'이라는 제목으로 출판돼 큰 성공을 거둔다. 대표작으로는 '아서 왕의 죽음(Morte d'Arthur)', '공주(The Princess) 등이 있다.

알렉산데르 푸슈킨 (Alexander Pushkin 1799~1837)

러시아 시인·소설가. 모스크바에서 명문 귀족 집안에서 태어나 상트 페테르부르크 근교의 차르스코예셀로의 전문학교에 다녔다. 졸업 후 혁명적 사상가 차다예프와 교류하면서 농노제 타도의 정치사상을 굳혀갔다. 1824년에는 국외 망명에 실패한 뒤 미하일로프스코에 마을에 유폐되어 서사시 '집시(Tzygan)'를 완성하고, 사실적인 시형소설(詩形小說) '예프게니 오네긴(Evgenii Onegi)'을 집필한다. 그의 유폐생활은 도리어 그에게 높은 사상적·예술적 성장을 가져다주었다. 이어 나온 '대위의 딸(Kapitanskaya dochka)'은 19세기 러시아 리얼리즘 문학의 기초를 놓았다. 1837년 그는 아내를 짝사랑하는 프랑스 망명귀족과 결투하여 부상당한 뒤 38세의 나이에 세상을 떠났다.

에드가 앨런 포우 (Edgar Allan Poe 1809 ~ 1849)

미국의 시인·평론가·단편소설작가. 배우였던 양친을 일찍 여의고 부유한 상인이었던 존 앨런의 양육을 받았다(포의 가운데 이름 Allan은 여기에서 온 것). 어렸을 때 영국으로 건너가 몇 년 동안 고전 교육을 받았다. 나중에 미국의 버지니아 대학에 다녔으나 도박에 빠져 대학을 그만두었다. 27세였던 1836년, 13세의 사촌동생 버지니아 클렘과 결혼한다. 가난에 찌들렸던 포우는 술에 의지해 살았고 그 때문에 직장에서 해고되기도 했다. 탐정소설

‘모르그가의 살인사건(The Murders in the Rue Morgue)’, ‘황금벌레(The Gold Bug)’ 등으로 그의 이름을 드높였다. 1847년 아내 버지니아가 죽은 뒤 포우는 술에 빠져 살다가 볼티모어의 한 부인의 생일 파티에서 폭주를 한 뒤 세상을 떠나고 말았다. 포우는 프랑스 시인 샤를 보들레르에게 깊은 영향을 미쳤다.

헤르만 헤세 (Hermann Hesse 1877~1962)

독일의 낭만주의 경향의 소설가이자 시인. 자연과 인간을 사랑하고 방랑과 자유를 사랑했으며 서정적인 문학으로 시종일관, 현대 신낭만주의 문학의 완성자로서 노벨 문학상을 받았다. ‘시집(Gediche)’ 다음으로 발표한 장편 소설 ‘페터 카멘진트(Peter camenzind)’로 유명해졌다. 1차대전 때 반전론 자로 지목받아 스위스로 국적을 옮겼다.

월트 휘트먼 (Whitman, Walt 1819~1892)

뉴욕주 롱아일랜드 출생. 목수인 아버지와 민주적 기풍을 지닌 네덜란드 이민 출신의 어머니의 영향을 받았고 T. 페인의 인권사상에 심취했다. 가정 사정으로 초등학교를 중퇴하여 인쇄소 직공으로 일하면서 독학했다. 1855년 자비출판한 시집 ‘풀잎(Leaves of Grass)’에는 미국의 적나라한 모습을 담은 시들이 수록돼 있다.

에즈러 파운드 (Ezra Pound 1885~1972)

미국 시인. 해밀턴 대학을 졸업하고 펜실베이니아 대학에서 연구하다 런던으로 건너가 활동하였다. 1910년대에 이미지즘 시 운동을 주도하고 모더니즘 문학의 정신적 지도자 역할을 하였다. T. S. 엘리어트의 천재성을 알아보고 그를 도왔으며 엘리어트가 자신의 시 ‘황무지(The Waste Land)’를 보여주었을 때 그 시의 절반을 잘라버리라고 충고한 일은 유명하다. ‘휴 셀윈 모벌리(Hugh Selwyn Mauberly)’와 ‘캔토즈(Cantos)’가 대표작이다. 1924년 이탈리아로 건너가 살았는데 2차대전 때 무솔리니 정부에 협력한 탓으로 전쟁이 끝난 뒤 국가반역자로 재판을 받았다. 많은 동료 문인들이 탄원을 하였고 그 뒤 정신이상 판정을 받아 석방된 뒤 여생을 이탈리아에서 보냈다.

알프레드 하우스먼 (Housman, Alfred Edward 1859.~1936)

영국 우스터셔주 출생. 옥스퍼드대학교를 마치고 1882년 특허국의 관리가 되었으며, 이후 11년간 야간에 대영박물관에서 독학하여 독자적인 학문적 업적을 달성, 런던대학교와 케임브리지대학교에서 라틴어 교수를 역임했다. 시집 '슈롭셔의 젊은이(A Shropshire Lad)', '마지막 시집 Last Poems)' 을 남겼다.

랭스턴 휴스 (Langston Hughes1902~1967)

미국 미주리주 출신의 흑인 문학의 거장. 젊은 생애를 웨이터 조수나 화물선 선실보이와 같은 하류 직업을 전전하며 보냈다. 그러면서도 그는 삶에 대한 연민과 꿈을 잃지 않았다. 이러한 점은 어둡지만 따스한 그의 작품 속에 잘 드러난다. 한때 부친의 강요로 콜롬비아 대학에 입학하기는 했지만 곧 중퇴한 후 근처 할렘가와 술집들을 떠돌며 흑인들의 삶과 비애를 몸으로 배웠다. '지친 블루', '흑인 댄서', '할렘 나이트 클럽' 등의 시가 유명하다.

로버트 프로스트 (Robert Frost 1874~1963)

미국의 국민시인으로 추앙받고 있는 시인이다. 샌프란시스코 태생. 9살 때 아버지가 사망하자 선조가 대대로 살아왔던 뉴잉글랜드로 돌아와 어머니와 외조부 밑에서 자랐다. 고등학교를 수석으로 졸업하고 다트머스 대학에 입학하지만 곧 자퇴한 후 공장의 직공·교사·신문기자 생활을 한다. 다시 하버드대학에 입학하지만 2년 뒤 학교를 그만 두고 농장으로 생활의 터전을 옮긴다. 그 후 농장을 처분하고 가족과 영국에서 머무는 3년 동안 '소년의 의지(A Boy's Will)'와 '보스턴 북부(North of Boston)'를 출간한다. 케네디 대통령 취임식에서 자작시를 낭송하기도 했다. 퓰리처상을 네 번이나 수상했다.

윌리엄 어니스트 헨리 (Henley, William Ernest 1849~1903)

영국의 시인·비평가·편집자. 어렸을 때 결핵에 걸려 다리 하나를 절단했다. 청년기에 큰 병이 들어 20여 개월 동안 병원에 입원한다. 이때 병원생활에 대한 체험을 시로 써서 시인으로서 명성을 얻게 된다. '굴하지 않으리 (Invictus)'(1875)는 바로 이 시기에 발표된 시다. 그가 병에 시달리고 있던 1874년 로버트 루이스 스티븐슨을 알게 되어 오랫동안 깊은 우정을 나누게 된다. 스티븐슨의 소설 '보물섬(Treasure Island)'의 주인공 외다리 선장 존 실버는 그 모델이 바로 헨리였다고 한다. 만년에 오랜 친구였던 스티븐슨과의 사이가 멀어지고 결혼 10년 만에 낳은 외동딸이 사망하는 등 우울한 여생을 보냈다.

샬럿 브론테 (Charlott Bronte 1816~1855)

영국의 소설가이자 시인. '폭풍의 언덕'을 쓴 에밀리 브론테의 언니다. 원래는 셋째 딸이었는데 두 언니가 일찍 죽는 바람에 브론테 세 자매의 맏이가 되었다. 소녀 시절부터 분방한 상상력으로 독특한 기법의 글을 쓰기 시작했다. 1842년 브뤼셀의 여학교에 유학해 프랑스어·독일어를 배웠다. 정열적인 고아 소녀를 주인공으로 한 '제인 에어(Jane Eyre)'가 출판되자마자 큰 평판을 얻었다. 아버지의 대리목사 니콜스와 결혼했으나 이듬해 결핵으로 사망했다